主编 凌翔

当代作家精品·散文卷

水泉记

王利军 著

天津出版传媒集团

天津人民出版社

图书在版编目 (CIP) 数据

水泉记 / 王利军著 . -- 天津 : 天津人民出版社，
2024. 7. -- (当代作家精品 / 凌翔主编). -- ISBN
978-7-201-20599-1

Ⅰ . I267

中国国家版本馆 CIP 数据核字第 2024KD2341 号

水泉记

SHUI QUAN JI

出　　版	天津人民出版社	
出 版 人	刘锦泉	
地　　址	天津市和平区西康路 35 号康岳大厦	
邮政编码	300051	
邮购电话	（022）23332469	
电子信箱	reader@tjrmcbs.com	

责任编辑　岳　勇
封面设计　邓小林
主编邮箱　jfjb-lx2007@163.com

印　　刷	三河市金元印装有限公司	
经　　销	新华书店	
开　　本	710 毫米 × 1000 毫米　1/16	
印　　张	13	
字　　数	200 千字	
版次印次	2024 年 7 月第 1 版　2024 年 7 月第 1 次印刷	
定　　价	49.80 元	

自序

时间过得真快，不经意间已是三月。去年恍如昨日，却远得让人记不起来，能记起的人和事少之又少，也许很快那点仅有的记忆也将随风而逝。每当想起这些，不由得让人唏嘘，人这一生能留存于世的记忆真是凤毛麟角。也许，人就不应奢望太多，让每天少点遗憾便是对生命最好的回报。有些地方容身，有些地方安放灵魂。然而可悲的莫过于在可寄身的地方无法安放灵魂。我常常感到无助、恐慌，只有每天写一点文字，才得以安心。

在这八九年中，我写了些文字，包括已经出版的二十八万字的小说《四爷》和一百多篇短文。我的文字多囿于乡土，是因为我热爱乡村的一草一木，那里有我熟谙的人和事，有我能遵从的文化。四十多年来，我似乎从来就没有离开过它们，闭上眼睛家乡在我的眼前。记述它们，我沉浸在每一个字、每一句话里。我虽然在城市生活二十多年，但每次动笔写城市中的事，脑中一片模糊，竟然找不到几个可以连贯起来成篇的记忆，抑或说可以记述的事物。我一直在努力尝试，然而总是做不到。

我在城市和农村的时间几乎各占一半，可是城市给我留下的思考及记忆少得无以动笔。面对曾经费尽周折跻身的地方，我不知道该说惋惜，还是遗憾。

水泉地，是我们村的自留地。在我有记忆的时候，那里就有一块属于我家的自留地。地边沿渠有一行旱柳，有爷爷种的，也有父亲栽种的，大的有一抱多粗。1988年地质灾害后，我家搬迁到水泉地居住。我的少年时期从水泉地开始，它占据了我记忆的绝大部分，我想这里应该是我的最后归宿。在给散文集取名时，我的脑海里反复地出现水泉地，所以便将《水泉记》作为该书的名字。

这本书选取这几年写的大部分短文，在写这些短文时，得到众多师友的鼓励和指正，在此一并致谢！我终因学识、见识所限，难免有诸多不足，希望读者指正。

2023 年 3 月 3 日

目　录

白嘉轩

——《白鹿原》中的人物之一

"白嘉轩后来引以为豪壮的是一生里娶过七房女人。"这是开篇第一句话，开启《白鹿原》的序章。在新中国成立前的黄土丘陵地带的乡村，甚至到 20 世纪 80 年代的农村，一个农村家庭的三大事中，给儿娶妻，仅排在盖房之后。一个男人是否成功，就看是否盖新房子，给孩子是否娶了称心的媳妇。这是一个父亲，一个男人一生值得骄傲的事情，也是一个家庭殷实程度和人品好坏的标志。作为白鹿原上的白姓家族的代表人物白嘉轩相继娶了七房，几乎耗尽祖辈靠木盒子积攒下的家底，然后仍能重振家业。白嘉轩引以为豪就不难理解了。

白家基业是靠着祖祖辈辈一点一滴积累而来。他们是白鹿原上踏踏实实的农民，勤俭持家、以诚待人的家风体现了老实本分的庄稼人特质。这是白家一直看不起鹿家的原因。他常常揶揄精明的鹿家人是靠"尻子"发家的。白家人经营家业和大多数地主家一样，也雇用长短工。然而，比起鹿家，他们更像是庄稼人，不仅自己下地干活，更把长工当自己家人，关心他们，尊重他们，这点从对待鹿三上就能体现出来。

鹿三的父亲在白家打长工，白嘉轩父亲不在了，他继续跟着少东家做活。白家给鹿三操办婚事，承担所有费用。每到收成下来，白家先紧着好粮食给鹿三家装，而且斗面是要冒尖的。逢到好年景，白家还会多给些粮食、棉花之类的物品。遇到农活紧的时候，白嘉轩常会让鹿三先去把自家地里的活计收拾完再侍弄他们家的地。黑娃上学、黑娃领回小娥到黑娃被儿子孝文陷害入狱等事件，无不体现出作为庄稼人的白家的厚道、善良和宽容。

白秉德病死后，唯一不能放心的是儿子的婚事。直到白嘉轩应承父亲不操办丧事、不耽误娶妻之后，秉德老汉才安然谢世。六房媳妇死了，不仅有流言蜚语，更是耗尽白家的家底。眼看家道中落，白嘉轩求神问医。偶然发现鹿子霖家地里的白鹿精灵，他扮演成一个换地求财的败家子，接着为父亲迁坟以图通过改风水改变家庭的厄运。这些符合关中风土人情。

待一切谋定后，他去了山里，引回仙草，也带回来岳父给的罂粟籽。几年后，当迷人的罂粟花在白鹿原上盛开时，姐夫朱先生套着犁毁了罂粟地，摘掉白嘉轩引以为傲的"耕读传家"的门匾。而那时，白嘉轩已经完成从衰败到丰裕的积累。

重修祠堂，建学校，交农事件无不彰显其作为族长的权威。在交农事件中，由于泄密，白嘉轩未能参与其中因此一直愧疚。在参加人员被抓之后，他跑县衙、法院，再去西安求救等所有举措无不体现出他作为关中农家汉子的担当，即使舍身、舍财也要脸面和道义。

他是一个父亲，一个传统人伦道德的捍卫者。儿子孝文差点将这个腰板笔直的汉子打垮。当得知儿子白孝文与让他不齿的小娥厮混在一起，犹如晴空霹雳，一脚迈出后，一头栽倒在雪窝里。醒来后，他将儿子孝文赶出家门。即使白孝文流浪乞讨，他也不认不管，态度决绝非一般人可比。

他内敛深沉、刚直不屈的性格使得精明的鹿子霖拿他没有办法。在儿子将房地卖给鹿子霖时，鹿子霖期望作为族长的白嘉轩能低头，从而使白嘉轩在白鹿原上颜面扫地。拆孝文房子时，鹿子霖渴望白嘉轩能阻拦，甚至是咆哮咒骂。然而，一切都未能如鹿子霖所愿，白嘉轩所表现出的平静坦然让鹿子霖如同吃了苍蝇一样难受。他没有因为让白嘉轩丢脸而获得到一丝得意，反而是他像一个失败者一样受着村人的闲话。

田小娥暴死在村外的窑洞，公公鹿三突然发疯，瘟疫等接连发生。村人恐慌一改往日的厌恶和不齿，为小娥燃裱焚香，甚至要建庙塑像，祈求小娥的阴魂放过他们。而作为族长的白嘉轩表现得异常坚定，那种凛然的气概无不体现出他的倔强和果敢以及不向邪恶和伤风败俗低头的骨气。黑娃组织农协运动，把他掉在半空，到后来打劫他家时对他的惩罚，他一声不吭，没有半点恐惧，不得不说他是条汉子，黄土地上铮铮铁骨的汉子。

他是一个父亲。女儿白灵聪慧而叛逆，西安城被困，他徒步西安寻找女儿。女儿回来后，他限制女儿自由，并给她寻个婆家。女儿离家后，他咒骂女儿死在外头，也不要再回白家。当女儿的死讯传来，那个一辈子不曾低头的老人泣不成声。儿子孝文进了保安团，当了团长混得有模有样，他不闻不问。儿子想回原上的家，进祠堂，他一再拒绝。连孝文给弟弟送回的银钱，也原封不动地退回。最后，在姐夫朱先生的劝导下，他接受了儿子。白鹿村叱咤大半生的白嘉轩是一个父亲，他固守农家人朴素的做人准则，坚守传统的伦理道德观念。他是一个本本分分的关中汉子，更是一位关中大地上普普通通的父亲。当孩子悖逆常理使他颜面丧尽，他也照样怜爱他们。

白嘉轩，一个一生和土地搅和在一起的农民，他的性格是复杂的、多样的。他坚守传统的做人准则，同时固守家族的利益。他坚强、刚毅、固执。他有正直和善良的一面，同时也有着普通人的自私，这点从他种植罂粟上不难看出。

他是一个传统道德的卫道士，亦是一个封建思想固守者。他看不起鹿家的发家行迹，鄙夷鹿子霖的所作所为。黑娃带着田小娥走进他家时，他态度冷漠，拒绝他们入祠堂。即使后来遭到黑娃仇恨和报复，没有一丝一毫的妥协。他有着一个地道农民的勤劳，亦有人性的贪婪和自私。如果说受思想意识的限制不知道罂粟对同胞的伤害，有些说不通。然而，为了自己的私利，他的确种植了罂粟，而且发了财。白鹿原上罂粟花盛开的场景，他可谓是先行者。白嘉轩，一个时代的关中地主，一个传统的农民，一个无遮无掩的人。

白土

那些儿时的往事，似乎发生在一个世纪之前，又似乎就在昨天。那一道道山梁，那一块块的田地，还有那儿时的辛劳和乐趣，似乎在今天都是无与伦比的幸福和刻骨铭心的向往。

以前过年极其隆重。腊月，村里人便开始着手准备过年的事情，诸如：打扫房子，磨面备菜，张罗孩子新衣等。清扫房子：一是清扫屋顶墙面的灰尘蜘蛛网；二是用"白土"水粉饰经过常年烟熏后而变得黝黑的墙面。这着实是一项细碎而浩大的事情。先要将屋子里的锅碗瓢盆、桌椅板凳搬到场里，再开始清扫，粉饰。

清扫时，男人头上包裹一块手帕，眯缝眼睛，昂着头，举着一根长长的绑着高粱或者糜子枝做成的扫帚的木棍，掸扫棚顶的灰尘和蜘蛛网。女人带着围裙，干燥皲裂的双手在冰凉的脸盆中翻搅"白土"水。一切准备停当，男人或女人，拿着笤帚蘸着"白土"水均匀地涂抹斑驳陈旧的墙面。经过粉刷的房子，骤然亮堂了。尽管有点潮湿和冰冷，但总让人心头一亮，似乎一年的倦怠一扫而空，脑海中只有对新年的渴盼和对来年的希冀。当炊烟再次升起，太阳已依偎在杏树岭上，伴着孩子们"打包子""滚铁环""跳房子"的嬉闹声缓缓沉没。

说"白土"，是相对黑黢黢的墙面而言，是乡亲们一种心理期望。因为它并不是白色的，是一种夹在黄土层间的质地细腻、黏性很好的土质。颜色差异很大，不同的地方土质颜色不同，有灰白色、青白色、淡绿色三种。这种土在核桃园村的四个小队都有，有的夹在石板间，有的夹在黏土层间。岭南小队的"白土"是夹在柏树坡硬质黏土层间。每当"漫墙"时，孩子们跟着大人扛着小镢头，提着"粪笼"奔跑嬉闹，争抢第一个占据好的位置，比赛式地刨挖。

泡"白土"有讲究，先将"白头"掰成核桃大的小块，放进脸盆里，倒满清水，待水自然浸透"白土"后用手捏搅，直到成为均匀的泥水，泥水的稀稠可通过加水调节。这个过程和拌面汤有些相似。若直接加水捏搅会形成疙瘩，在漫墙时会形成凸起，薄厚不均且整体附着性差，因风干用时差异而导致局部剥离脱落。而经过水自然浸透，"白土"溶液均匀，"白土"团粒分散一致，粉刷面均匀，风干程度一致，避免由于风干的时间差异导致的起皮皲裂。

我记录挖"白土"漫墙的事情，以保留儿时的记忆。四十多年了，该忘了也许已经忘了，该记得也已经模糊。那些逝去的岁月任凭我们如何努力，再也拉不回来。

柴火

柴火，在农村做饭取暖都离不开。柴，根据质地大抵分两种，硬柴和瓢柴。硬柴主要是木质柴，如，乔木的枝、干、根以及灌木枝条等。瓢柴包括作物秸秆、树叶以及杂草等。在20世纪90年代前，生产方式落后，人们一年里几乎很少有闲着的时间，只有在农闲的空隙收拾柴火。勤快的人家，总有烧不完的柴火。场上常年堆放的剁成短节的柴火堆，屋前房后的台阶上垒砌尺许长短的劈开的木段和树根。20世纪80年代我们还是孩子时，平日里最爱做的农活是收拾柴草。那时，村子人多，牛羊也多。山坡上的灌木杂草很难茂密，乔木类的刺槐、杨、柏树枝繁叶茂。硬柴多是修剪那些乔木的枝干和伐木后留在土里的根。偶尔与同乡闲聊，提起村里人家的柴火堆，勾起无尽的怀念。

如今，村子小了，常年生活在村里的几户人家依然保持以前的习惯，家门口的柴垛子依然如故！他们还是习惯于使用柴火做饭取暖。不仅是取材方便，树枝、落叶、作物秸秆等随处可见，获取时不用花一分钱，更是一种生活习惯。他们习惯柴火做饭味道。偶尔回村，饭点时看着淡淡升起的烟气，让人感到村子温暖。

常言说，"人是房馅子"。房中少了人烟，若再不能及时修缮，木瓦结构的房子是经不起岁月洗礼的，墙体坍塌，瓦面破碎是在所难免的。前几年，我家拆除旧房重建，木料几乎没有用途，被胡乱地堆砌在一边。几年的风吹雨淋，木料上长出很多说不出名字的菌类，一些椽子已经腐烂到轻轻一掰便折成两段。每次和父亲说起那些不断腐烂的木料，他不无可惜，那都是好木料！可惜固然可惜，现在那些木材着实没有可用之处。当柴火，一年也在家里做不了几顿饭。房子周围的树木枝杆徒长，不说修剪下来的枝条，单是枯枝落叶，随手捡一把也够做顿饭。况且，这些年来治污减霾的需要，好多村子已经不让使用柴火，坑洞被堵，灶台封堵，烟囱也被扒得七零八落，被要求使用清洁能源，譬如，电、煤气。收拾柴火的实际意义不大。看着那一堆渐渐腐烂的木材，我心里总是过意不去。在前年的节假前几天，我们便张罗锯子、铁丝、钳子、篷布等物品，计划在假期的几天里搭建一个柴棚，将这些木料截成柴火，堆砌起来。

我与堂兄闲聊，堂兄说：现在都是这样，村子里拆下的木料都被截成柴火。家家的柴火堆都垒砌得有一人多高。现在年轻人基本上都外出打工了，平时家里就两三个人，做不了多少饭。在农村，大点的硬柴，多数是在蒸馍或者家里吃饭人多时使用。现在那样的场景很少。一年到头，一家人聚少离多。到了过年，几乎都不再像过去那样，光蒸馍就要两三天。即使三两年，甚至更长时间不收拾柴火，也够烧。

乡村安静了，难见往日袅袅炊烟，偶尔响起的声息划破寂静的上空让人欣喜。有人声，便不是荒野。太阳徐徐卷起夜幕，阳光从村子东头铺向西头，薄雾拖着纱裙在田地间如蝶曼舞，枝杈间鸟儿呢喃细语，柴堆依旧，却炊烟已去，置身其间不由得让人孤寂萦绕，落寂骤生。看着几天堆砌起来的柴火，多少有些许慰藉。似乎又回到儿时的村落，鸡犬相闻，炊烟袅袅，蓝蓝的天空上远远地漂浮着几朵白云，与青翠的南山遥遥相望，劳作的吆喝声在这熟悉的旷野里回荡。

春叹

庭院里花木枝头不知道何时已经爬上嫩绿的叶芽，干枯一冬的枝条泛着淡淡的青绿，在温煦的阳光里轻轻摇曳。几只不知名的鸟在枝杈间跳跃嬉闹。倚在窗前，眺望远处的高楼，环视庭院的花草树木，外面的天地好美。那跳跃在枝杈间的小鸟，让人骤生羡慕。它让我想起儿时的乡村，此时应是忙碌的。人们忙活着给麦地里送粪、锄地除草。粪是经过自然堆放发酵后的牲畜粪，已经没有臭味。麦田中杂草不仅是牲畜的调味品，有些更是箸下的美味，如"羊气眼""荠荠菜"。

那时，村子里的地基本上都种小麦、玉米等粮食作物，人们很少种菜，青菜更少，特别是到开春时基本上没什么青菜。这难不住咱们农民，锄地时顺手拾些鲜嫩的野草，做饭时，轻轻地炒熟调面，或者下在面锅里都会让一家人吃得很香。后来，进城务工的人多了，耗在地里的人愈来愈少。到如今，平日里很少能看见人在地里忙活。

在 20 世纪 80 年代，甚至在 2000 年前，村子里的耕作方式是这样的：一年里，农田基本分为麦田和白地（白地，前年没有种植小麦的空地，第二年用来种植春玉米的地）。北岭地区由于年积温相对偏低，麦收时间基本到六月初。收获麦子，麦秆是要经过碾压后堆在一起作为牛猪等牲畜的饲料。收完麦子，少量的麦茬地接茬种秋玉米，而大部分麦茬地先放十天半月的。待交完公粮，夏收便基本完成了，人们便套上铁犁深翻麦茬地，再暴晒至七月底前后，将地磨耙平整。大约到八月中旬前后，进行第二次翻耕、平整，白露前后进行冬小麦播种。经过深耕暴晒的土地，土质疏松团粒结构良好，非常利于作物生长。同时，大部分杂草经过前期的土地整理、太阳暴晒被清除掉了。

如今新型的耕作方式解放劳动力，也解决农村劳动力不足的问题。机械化收割，麦秸直接还田。当年秸秆上的虫病进入土壤，常年累积，这导致目前农田病虫害多发。除草剂代替人工除草，累积的农药残留和对人体有害的重金属，通过食物链传递给人。大量的化肥投入，高产的同时也造成土壤板结、重金属沉积的危害难以估量。

造成目前农作物病虫害的一个原因是气候问题。随着工业化、城市化的快速发展，过度开发导致生态环境恶化等，温室效应更加显著。气候变暖，田地里的病虫容易越冬，更加危害粮食生产。

目前，基础农业生产经济效益低，一家一户的单纯种粮常常是忙活一年，出入抵消，挫伤农户农业生产的热情。好多基本农田上种植经济效益高的树木。以前，村子里家家都存有余粮，即使两三年颗粒无收，也不会闹粮荒。现在，麦子收下直接就卖掉，仅留下当年的口粮。若年景不好，不知何以果腹度荒？每看到挖机忙碌，良田被毁，都忍不住叹息，总觉无欣欣之象，反而更觉痛心！

刺槐

天暖和了，黄土地绿了。油菜泛着青白的茎枝上结满还未饱满而显得细长的菜籽夹，婆娑的樱花在树下织成白色或粉红的地毯。桃红杏粉，五彩斑斓，在荡漾的春风中争奇斗妍后，青果子缀满枝头，掩映在绿叶中。

一缕缕淡淡的清香悄然而至，循着清香，穿过樱花林，一串串洁白的槐花映入我的眼帘，素雅、清扬。我过了街道，绕过樱花林，一棵小碗口粗的刺槐静静地挺立在眼前。我抚摸它粗糙的肌肤，竟是如此亲切。它独有的气味让我深深陶醉。抚摸着它，我的心飞回了家乡。在我的家乡，刺槐随处可见，或在山坡，或在路旁，或在崖边。它枝条随意，错落随意地伸展。暮春时节，它繁茂的枝叶装点着粗犷豪迈的黄土坡地；隆冬时分，黄土坡上，寒风凛冽，它不声不响；大雪纷纷，山坡、道路、房屋上积雪皑皑，刺槐白雪堆积枝干依然挺拔，伫立在风雪之中岿然不动。想起它的四季风貌，我肃然起敬。

刺槐粗犷犹如黄土地上的庄稼汉子，朴实坚韧。它没有阳春三月瀰河畔垂柳的柔美，樱花的烂漫妩媚，八月金桂的浓郁。可它四季分明，到了时节，不紧不慢，飘逸着淡淡的清香。繁华落尽，便结满沉甸甸的籽粒。此时，已是百花落尽，春的绚烂已成往事或者来年的等待，而刺槐才静静地绽放，没有一丝喧嚣，香得清雅，美得自然。

不远处传来刺耳的汽笛声，我恍然惊醒，这不是家乡田野。正午的光照暖暖的，有一些热，有一点刺眼。不远处的红绿灯交替，我依然站在斑马线上不敢迈步。我想起田野的静谧，想起乡村的简单，想起乡村那蔚蓝的天空和沟壑纵横的田野，想起农舍、麦田、小径，还有那长满刺槐的山坡。我似乎置身在乡村的山坡上，成片的刺槐林开满洁白的槐花，一缕缕清雅的花香扑鼻而来。

几场秋雨过后，葱郁的刺槐叶没有一点眷恋，随风飘落。寒冬时节，灰黑色干枯的枝干，丑陋却倔强地挺立在寒风中，孕育新的春天。枯叶落尽，成串的荚果缀满枝头。每一粒种子，无论散落在那里，待来年春暖，又是一棵鲜绿的幼苗。

我喜欢刺槐，它朴实含蓄，它落地生根，它无畏风雨，它坚韧顽强。

秋味

　　小雪日，有人说蓝田北岭下起今冬的第一场雪，下得很大，田野、树枝落了厚厚的积雪，只是路面还没有积雪，湿漉漉的像下雨天。我非常惊讶，冬天真的来了，而我一直还沉浸在秋天的记忆里，体味秋天的意蕴。

　　家乡的四季分明，迥然不同。春天，星星新绿，簇簇粉红；夏天，麦浪翻涌，草木葱茏；秋天，天高云淡，瓜果飘香；冬天，白雪皑皑、万籁俱寂。四时风光，我都喜欢，不过秋天给我的记忆更深刻。红彤彤的柿子，甘甜软糯的红薯，清脆可口的白萝卜，红苕苞谷糁子糊汤面就着腌萝卜丝……霜降过后，田野上，柿子树格外惹眼。火红的柿子缀满枝头，一疙瘩一疙瘩像吉祥喜庆的小灯笼。红薯蔓叶逐渐稀疏，蔓藤结满一兜篓一兜篓的红薯。

　　生产队收摘柿子、挖红薯最是热闹，是我们这些孩子最喜欢的事。摘柿子时，妇女和年龄大的人摘低处枝头的柿子，身体灵便的男人摘高处的柿子。更高处的柿子，即使有人爬到树上也够不着，只好抱着树枝摇，或者用棍子敲打。摘完后，大伙担挑手提，将柿子运到生产队的麦场里，好的堆在一起，磕碰的放在一块，过秤、分配。这样热闹的场合里，肯定少不了孩子们凑热闹。我们在树下跑来跑去，捡拾起掉下的熟透柿子，轻轻掸掉土粒，从柿蒂处撕开一块，塞进嘴里，甘甜软滑的浆液在舌尖滑动，良久不舍得咽下。夕阳滑过山梁，天黑了，柿子还没分完，叫号、唱称、分装依旧忙碌。

每家分到的柿子，有好的，也有少量有伤的。好柿子存放起来，待完全熟后，慢慢食用。有伤的柿子，当时就做醋了。

那时，各家都有做柿子醋的习惯。酿醋，先将醋缸清洗干净，晾干，清理柿子上的泥土，放进缸里，封盖自然发酵。在无氧环境中发酵至开春，便可出醋。出醋分两道，一道醋酸味劲道，后味甘甜醇正。二道醋味道就差一点，酸度较弱，口感平和。

柿子存放比较简单，有人家在屋面的瓦上铺些苞谷秆，下端围挡上苞谷秆捆，将柿子码放在上面，再盖上苞谷秆。有些人家习惯在场边搭柿子棚。搭柿子棚，家里场边有树木的，借用树木，再立起两到三个木桩，在半空搭建两三个平方的三角形或者四方形的棚子，棚底铺上木棒，木棒上铺上麦草或者苞谷秆，放上柿子，再盖上苞谷秆。场边没有树木的，只好在场边立起三到四个木桩搭棚子。棚里的柿子常会遭到老鼠祸害。为防止老鼠祸害，人们会在树干和木柱子离地面二米左右的地方绑上一圈酸枣枝，或者围起一圈塑料纸，这样能有效地防止老鼠攀爬。一般存放的柿子两三个周后就完全成熟。冬天，取一个柿子，拔掉外面的一层薄皮，鲜红的果浆是诱人的，抿上一口，冰凉甘甜的浆汁瞬间从喉咙甜到胃里。

红薯蔓是很好的饲料。挖红薯前先把蔓叶割掉，运到队里的饲养室铡碎后喂牛、猪。红薯的储藏比起柿子要求高，不能受冻。受冻了味道是苦的，很快就会腐烂。因此，人们把红薯存放在地窖里，或者后院有窑洞储藏。队里红薯种植面积不大，分到各家没多少，大部分时候是在煮苞谷糁子时，煮在糁子锅里当主食，我们老家叫它红苕苞谷糁子。偶尔蒸几个打牙祭是件很奢侈的事情。

大火烧煮的糁子好吃，苞谷香气浓郁，入口黏滑。烧煮糁子过程简单，先烧水，再下糁子。烧水的同时，在锅里搭上馍架溜馍。水开了，馍就热透了。取出馍架下糁子，一手端着糁子碗，抖动手腕，糁子散落入锅，一手持勺沿着一个方向搅动。四五分钟后糁子饭就熟了。冬日里，端一碗热气腾腾的苞谷糁子，夹一筷子腌菜放在糁子面上，抄一筷子送进口里，玉米的香就着咸淡合适口感清脆爽口的腌萝卜丝，真美！这简直难以用言语描述。

那时的冬天，除腌菜外，几乎没有什么菜吃。不像现在可以炒很多种菜就饭，无论哪种炒菜就苞谷糁子都没有腌菜的味道正宗。

冬天腌菜是农村一个大事。一家人一个冬天，甚至开春后的好长时间里的主菜都是腌菜。立冬前夕，萝卜生长基本停滞，正是收获起萝卜的时候。将叶子和根分开，萝卜根茎擦成丝放在瓷瓮里，撒上粗盐，最后在上面压上青石，约半月时间菜就腌熟了。萝卜叶子，在那里也叫萝卜缨子，将叶子清洗，切碎，焯水后，放进缸里，倒入适量面汤密封，过几天酸菜就渥好了。渥酸菜在山西农村也做，他们不叫酸菜，叫霍菜。

秋天的田野安静、含蓄。清晨，当太阳慢慢洒遍村子时，麦田里浮起淡淡的薄雾，像缓缓启开的纱幔。摘一朵黄色的野菊，凑在鼻尖，野菊特有的清香沿着鼻腔沁入心肺。端起一碗红苕苞谷糁子，蹲靠在门口就着腌菜，聊着闲话。这尽享自然的恩赐，想想也是非常惬意的事情。

秋日

雨稀疏地洒落在枝头，风带着丝丝清凉透过窗纱，那些泛着淡黄的叶子似乎说秋天到了。想想儿时情景，那时的秋是漫长而忙碌的。

晨起，薄雾袅袅，柿红叶黄，田地和庄稼如刚清洗过，温润、含蓄、厚重。邻里忙碌在田地里收获秋的喜悦中，孩子们赶着牛羊，把欢笑洒在镶嵌着露珠的山坡上，总有使不完的劲喊叫、追逐。常常几个人围着一个核桃大的马蜂窝，时而趴下，时而抓起湿润的泥土使劲砸。砸中的，按捺不住喜悦喊着自己砸住了。没砸中的心里一百个不服气，再次抓起泥土眯缝着眼睛瞄着蜂巢……直到那个挂在酸枣枝上的蜂巢掉落。蜂巢掉落，蜂变得狂躁，它们复仇般冲向孩子们。孩子们或爬或跑，躲避蜂群攻击。被蜇伤的事情常有发生，被蜂蜇过的地方火辣辣疼痛。不过，这丝毫不影响孩子们砸蜂窝的热情。他们一边抓挠被蜇疼的地方，一边争论是自己砸中蜂窝。疼痛相比其中的乐趣微不足道。回到家里，父母不会责骂，会笑着说孩子是个二杆子。邻里间闲聊时，间或还会自豪地说："我那个二杆子，胆子大得很，皮实……"

时间飞逝，转眼间三十多年了。那些顽皮的孩子都已为人父，偌大的村子已经见不到几个人，没腰高的杂草和任意疯长的灌木杂乱地编织曾经热闹的道路和山坡。以前见人便跑的鸟兽时常在村子周边活动，见到人不躲不藏。我几次碰见山鸡在路上休闲踱步。以前少有的人头蜂在这几年里更猖獗，好几次将乡邻蜇得住院，甚至死亡。

我们那时砸的都是麻子蜂，被蜂蜇是常有的事情，便习以为常。没见过人头蜂，更不知道蜂竟然能把人蜇得花掉几万，甚至更多，更不相信那小小的蜂竟然能蜇死人。

要说被狗咬得狂犬病而死，我尚能理解。近几年来，城市养狗较多。多地爆出遛狗伤人事件，严重的致人死亡。我小时候被狗咬过，伤口处流淌紫黑色的血，还有絮状的肉，当时把我吓得够呛。伯父赶紧剪下一撮狗毛，烧成灰敷在伤口上，没几日伤口好了。几十年过去了，几乎看不到伤痕。或许是现在的蜂毒性大，或许是人的免疫力下降了。我对蜂恐惧，对那熟悉的山坡和土地便有了莫名的忌惮。

几天前，家里人说可以打核桃了，让周末有时间就回去。尽管这些年核桃没人要，对于老家人来说还是很重视的事情。我家里的那几颗核桃树，是 80 年代初期，父母用找来的核桃种的。当时，它们是家里唯一的经济作物。母亲对它们有感情，常常惦念。收核桃成为我一年中最隆重的农事。

周末大早起来，天空阴沉沉的，我思忖半天还是踏上回家的路。走过县城，行进在通往老家的山路上，薄雾沿着沟道缓缓升腾。随着车轮的前进，雾渐渐地爬到路边。我想着太阳出来雾就该散了。当回到村子，已是雾雨蒙蒙。想着应该过了午后天气会好转，便坐在堂兄家等待着天气转好。

过了正午，雾雨依旧，没有一点缓解的迹象。收核桃是不行了，便起身准备回西安。想想，回来了，就到家里看看。

从大路到家有十几米的自家路，两边长满蒿草，足有半人高。打开院门，看场头的杂草，心想该如何抑制野草疯长。猛然间，头上感到一阵钻心的刺痛。还在纳闷被什么虫子咬了，堂哥大喊，赶紧趴下，麻子蜂！我们慌忙跳出院门，远远看到屋门角处悬挂一个黑布碗大小的蜂窝。

退出大门，远远地看着蜂和蜂巢，我不知所措。摸着灼痛的伤口，我有些慌乱，大脑里不断地思量着会不会是人头蜂，如今的麻子蜂会不会蜇死人？我会不会很快感到肢体麻木……霎时，恐惧、无助笼罩着我。堂哥走在我的前面，他被蜇伤的地方比我还多。他摸着头不断地说没事，他们在外面帮人起松树，常常被麻子蜂蜇。我依然非常担心，让他一起去村卫生室处理伤口。

诊所条件有限，只能做一些简单的消毒脱敏处理，不能进一步地做血液检查。我和堂哥再次回到家里，收拾完蜂巢，匆匆到了县城，挂急诊，抽血，查尿，一切指标正常，才悻悻驱车回家。

现在，家乡的秋天一如既往，只是少了以往秋日里的热闹。草木愈发茂密，鸟兽常常出没。虽然想再在秋日里无拘无束地疯玩，但是已经没有了儿时的激情，更是多了几分忌惮。

过年

　　雪无拘无束地下，风箱声、瓦坨声还有袅袅升腾的炊烟温暖着这片白雪皑皑的大地，萝卜豆腐包子的香气在人们的鼻翼间回旋。孩子们在奔跑、叫喊，爆竹声一浪跟着一浪撞击远处的山梁，弹跳回这个银装素裹的村子。几只小麻雀时而在柿子棚边跳跃，时而飞到房台下在地面啄食，警觉地左顾右看。腊月天，孩子们跳着脚盼望过年，盼望吃好的，穿新衣，放鞭炮，跟着大人们扫房子、刷墙、赶集，忙活过年的事情。年的气氛浓了。

　　择一个晴好的日子，人们打扫房子。场头上摆满锅碗瓢盆、箱子、柜子等家具。清扫顶棚、墙角的灰尘和大大小小的蜘蛛网。和白土，粉刷黑黄的锅台和墙面。经过一天的忙活，房子焕然一新。此时，太阳已快没过了西山，一家人的肚子咕咕地叫个不停。女人们来不及喘一口气，解开头帕，掸掸身上的灰尘，和面做饭。男人们收拾牛圈，拉牛，拌草料经管牲口。

　　房子清扫刷新完，就该备年货。说是备年货，就是买上两三斤粉条，几个大白菜。光景好的人家买上七八斤猪肉，不好的买上一两斤，甚至不买。买卖东西要去离村子十多里的集市，我们习惯说是上会。年根前，只有农历二十四、二十七还有二十九，三次年会。说是三次，其实也就是两次半，二十九的会是半天，到后晌集市就散了。集市位于乡政府所在的村子，从西头到东头约有一千多米的长街道上，两边是国营供销社和村民房屋。每逢集市，街道上除供销社门店里的各种生活物资外，各种摊点一个挨一个，衣服鞋帽、农具、蔬菜和一些家常里少见的饭食，如泡馍、油糕、饸饹等摊点。腊月里集市上最热闹的地方应是成衣和炮摊了，挤满方圆十里的乡亲。

无论家里光景好坏，即使坏到极点，最迟也要在腊月二十七开始蒸馍。菜包子、糖包子、油角角、枣花馍等，花样繁多。说到蒸馍，油角角、枣花馍是必须做的，油角角是给长辈拜年送的，两个油角角是晚辈给长辈拜年的大礼；枣花馍是供奉先人时摆在香案上祭祖的。再穷，这两样不能少。

馍蒸完了，便是压面。我们村子有四个小队，在三队有一台压面机。春节前几乎家家都要压些面，招待亲戚。过年招呼亲戚，特别是新亲，讲究要吃臊子面，寓意常来常往。压面的人多，算上来回路上和排队的时间，一趟下来需要大半天时间。压一斤面是五分钱还是一角钱，现在已经记不清了。

三十后晌，女人们早早收拾做饭。我们那里讲究年三十吃调和米饭，而且是一定要多做。饭要剩下，预示年年有余。饭快做好了，开始贴对联，敬神。敬神就是供奉祖先。一切准备就绪，放鞭炮，接神，开饭。端一碗掺杂着萝卜、红苕、白菜、豆腐、粉条的调和米饭，感受着新年的气息，是一家人一年里最为幸福的时刻。

放炮是孩子们的事情，也是他们最喜欢做的事。给神位献饭前，要先响炮。母亲起锅盛饭，孩子们迫不及待地拿过父亲的烟头，跑出门，一手捂着耳朵，探着身子，点炮。炮引子呲呲冒火，他们捂着耳边跑边回头看。炮噼噼啪啪地响过，场头留下一片火红的炮纸，年到了。

过年最忙碌的是女人。三十吃过晌午饭男人们基本上就没事了，半躺在热炕上打盹。孩子们在外面疯够了回到家里，踢掉鞋子爬上炕信心满满地说守夜，最后还是早早地睡着了。女人们一直在忙碌，初一早上讲究吃饺子。收拾完锅碗，紧接着要和面弄菜，包饺子。待一切收拾停当已将近午夜。睡不了多长时间，鞭炮声起。这边响声未尽，那边接踵而至。

大年初一吃饺子很讲究，越早越好。至于好在哪里，我一直没问过父母。现在想想，应该是争个早，预示一个好兆头吧。无论是年三十接神供奉，还是大年初一的饺子，送神前的每一顿饭，都要先给神位献饭后家里人才能吃。献饭前要先洗脸净手，进香，叩拜，再是献饭。那个时刻是神圣的，是庄严的。过了初一，路上的人多了。三三两两地背着馍走亲戚，这一年中大规模的走亲访友活动一直持续到正月十五。过年是乡村人一年中最为轻松快乐的时间，暂时忘却田地里的劳作，卸下生活的艰难，尽情享受春节的清闲和热闹。

我上大学后离家远了，走进城市。儿时过年所期盼的东西已经稀松平常，但依然期盼过年，期盼一家人团聚相守，一家人做饭吃饭。天气好了，帮家里做些农活，陪父母说说话。刚工作那些年，过年想回家，又不想回家。离过年时间越来越近，心也越来越不安，倒是宁愿飘在异乡。

一晃二十年了，城市和农村发生翻天覆地的变化。人居环境和经济状况发生颠覆性的变化。很多传统习俗渐渐被淡化，村里人不再蒸年馍、集中采买肉菜，过年也不像以前那么忙碌而热闹。不仅城市没有炮声，农村也难见鞭炮齐鸣的场景，偶尔的几声炮仗声显得索然无味。年三十的城市骤然安静了，平日里拥挤喧闹的街道宽敞了，零零散散的行人和车辆一改城市平日的模样。过年了，不用早早起来拥挤在城市里，可以和孩子一起在老人身边吃年饭，看电视。

以贤为友，常省常新

收到石磊先生递来的新书《论语一叶》，我很高兴，恭贺石磊先生和张静女士新书出版！《论语一叶》是他们夫妇对孔子《论语》的思考与解读，按照《论语》章节进行相应的诠释，以诗歌的形式，通俗易懂的语言表述，便于大众阅读和理解。正如他们在自序中所言："撰写《论语一叶》的目的在于使读者通过阅读这三百五十多首短诗，快速了解《论语》。至少打开目录，就能看到《论语》的核心语言。"

在这几年里，《论语一叶》的大部分内容陆续在《岭南文苑》发表，获得众多对《论语》喜好的文学爱好者的好评。这次结集出版，不仅便于爱好者系统了解和学习《论语》，更便于阅读及留存。

在我和石磊先生谈到写作以及出书的价值时，彼此似乎都没有多少信心。在数字信息高度发展的今天，碎片化阅读已经成为当下阅读的主流。而对于系统阅读的忽略已是一个不争的事实，有多少人还会有时间捧一本书静心阅读，我们都不敢说个一二。然而，我们都相信，系统阅读仍然是主流，是大众获取知识的主要方式。我们能让自己人生留下有价值的东西，大凡莫过于思想和文字了。我和石磊先生说：我曾几次说，自己写小说和一些专业人士一样，他们出版专著是为了职称，我也一样是为了评职称。而不同的是，我是在给自己的人生评职称。很多次，我和一些朋友讨论人活着的价值。我们都很难说清楚，人活着到底是为什么？是为了享受活着的过程，还是活着的结果……好像说的都在理。

我出生在一个偏远的乡村，那里没有工业和现代商业。农业的现代化作业模式，也是在近几年才有了一些发展。土地依然在，也许和百年前没有多大差别。无论从社会发展历程推测，还是家乡祖辈人口口相传，在新中国成立前，那里都应该是属于某个大户人家的地方，那里的土地资源和所有的财富都属于他，而生活在那里的百姓都是他的资源。时至今日，我们那里没有人记得久远的过去，仅是猜测他姓王，或许姓张，或者都不是。往大处想，整个蓝田县，在历史长河里，有哪位达官富贵的名姓或者他的子嗣如何。今天，这方圆几十里的土地是属于大众的。而今天，东汉蔡文姬的墓园及她的纪念馆在蓝田并被保护，县城有条路叫文姬路。大凡是蓝田人都知道蓝田有个牛才子。我很小的时候，就听父亲说清朝末年关中大儒牛兆濂。他的"房是招牌地是累，留下银钱催命鬼"的话语仍一直留在我的脑海里。

我们常常说：来时一丝不挂，走时棺木几尺。大凡人是难以走出这些的，三代之后能被记起，也许只有概念上的辈分。一生争来争去，大凡仅是一个过程，在浩瀚的长河里很难留下点滴印记。前些年，村里有人翻修老宅。在墙体内找出很多民国时期的纸币和不少的铜钱。可是那些纸币早已经分文不值，铜钱也是不值几个钱。一辈人，甚至几辈人辛劳积攒的物质财富至此画为句号。如今不是被说起，估计没有人再会提及。而漫漫岁月中，中华儿女勤劳节俭的传统和遵守孝道的精神一直传承，尊师重学的传统一直黄土地上延续。

我和石磊先生年龄上相差一代之多，而先生常谦称为兄。我们聊到最后，石磊先生说：精神财富是我们首要追求的，所以我们走在一起。在石磊先生和张静女士新书出版之际，我絮叨这些，意在对先生表示祝贺，同时也是对自己的鞭策，以贤为友，常省常新。

核桃园村记

　　核桃园村原来有一棵两人才能合抱的大核桃树，在村子爷庙的东边，一户人家的正门前。树干上有一个洞，20 世纪 70 年代曾有人看见一只豹子夜宿洞中。80 年代初，树在，庙也在。核桃园村原隶属于蓝田县金山乡。前些年，村镇合并，金山乡和三官庙乡合并为三官庙镇，核桃园村并入南湾岭行政村，依然保留自然村的名称。村子位于距县城直线距离约二十里的西北方。从县城出发一路慢坡而上，海拔高度差约四百米，站在村头眺望蓝田县城，视线尽头的秦岭巍峨高耸，层峦叠嶂。那一道道峁梁似条条巨龙，在村子和县城之间，或昂首瞩目，或低头游弋。

　　核桃园村是东西走向。从原来的金山乡政府西南行千余米，过金山村的南疙瘩子，从雪岭北侧下盘盘路。下盘盘路后路成 y 形走向，一条下行西南，是误饭村；一条西行，经南湾岭村的后湾垭，过驻马岭继续向西下行至临潼区的东岳乡下辖的宋弯垭子。宋弯垭子被老坡迎面分成 Y 形，向北是临潼区东岳乡所辖的上宋村，西南进入核桃园村，依次是岭南、核桃园、洞子，出岭南，沿麻梁往西南是沙岩等四个生产小队。

这个地方被人们习惯称作北岭，属于半干旱地带。它地处半岭地带，沟壑交错叠加，几乎每一地块都能明显地分出阴坡和阳坡。当地土厚，土壤有较好的保湿特性，生活在这里的人们有"见种收一半"的自豪和安稳。

在20世纪90年代前，田地主要种植的粮食作物有小麦、玉米、大麦，经济作物有黄豆、油菜、大葱等。小麦是冬小麦，玉米从播种时间上分早玉米和回茬玉米。早玉米是在春季播种，回茬苞谷也叫秋苞谷，是在收割完小麦的麦茬地上播种。即使在粮食困乏的年代，这里是少有的让人羡慕的地方。50年代时，川道和南塬人经常上来买粮。

核桃园村是个好地方。这里没有大灾大难，洪涝旱灾和这里几乎毫不相干。日出而作，日落而息，人们一直延续习惯的耕作生活，平凡且安稳地生活，一切都是那么自然和谐。

细数散社来的近四十年间，雨水之害仅有一次。1983年，散社的第二个夏收时节。土地下放后，村里人铆足了劲侍弄承包地。农家肥、化肥，能施的都尽数送到地里。他们除吃饭睡觉，几乎所有的时间都耗在地里。人勤地不懒，老天爷也特别眷顾。从1982年白露前后播种到1983年算黄算割亮起歌喉，一直风调雨顺。播种时土壤墒情好，土地整饬细致，底肥充裕，出苗整齐健壮。冬至过后，雪一场跟着一场，将麦苗严严实实地覆盖在身下。小满过后，麦田已经开始泛黄，这些庄稼人似乎已经看到雪白的大馒头和筋道可口的燃面。

临近六月，村里人陆陆续续准备夏收物资，镰刀、木叉、铁叉、扫帚、簸箕、筛子等农具，该修补的修补，该置办置办。几场集会下来都准备停当。场已经碾压平整，镰刀磨了再磨，面瓮里装好面和苞谷糁子，悬挂在灶屋上面的馍笼装得满满当当，馒头比起平时也白了很多。小块的麦子终于可以开镰。村子也跟着热闹起来，大人割麦，打捆，运送。小孩子们也没闲，有的帮大人割草喂牛，有的辀车，有的在场里等着整理麦捆……在夏收的日子，村子里没有一个闲人。夜深了，忙碌一天的村子安静了。夜半，天下起小雨。村子再次忙碌起来，运麦捆，积麦堆，苫盖芦席。垛完麦堆垛雨已如线。

1983夏收的雨从六月十八日开始，持续下了一个多礼拜，持续时间之长超过往年同期，降水量较常年偏多百分之七十。连日阴雨造成大片已经成熟的麦子霉变发黑、出芽。尽管村人在降雨间隙抢收，用剪刀剪收麦穗，但那种抢收的成果毕竟是有限的，大部分的麦子在田间出芽。当年夏收严重减产，小麦品质下降，制作的面食不仅没有韧性，而且吃起来总是黏黏的像是没有熟一样，有淡淡的甜味。

时隔三十多年，村子的土地变化很大，原来的坡地经过一轮农田建设变成了一块块梯田。机械化耕作彻底改变了农业生产对劳动力的依赖。收麦变得简单快捷，庄稼人再也不用汗流浃背地一镰一镰割麦，只要在地头等装麦子就行。耕牛几乎没有用场。不养牛了，人们也懒得收拢秸秆，旋地时被翻埋进土里。

时过境迁，曾经让村人引以为傲并依赖的耕牛也淡出庄稼人的生活。刚散社那会，谁家要是有头牛，那日子一定是好日子，农活做得轻松，人更有底气。养头牛是村人的期盼，没过几年，家家户户都有了耕牛。过日子离不开牛，犁地要牛拉犁，运输需要牛驮。耕牛在农家是大件，也是一家里最值钱的东西。养耕牛，购置成本高，但饲养成本不高，就是累人。草料主要是夏收时的秸秆，田野里的青草。青草是辅料，更是调味料。夏收碾场，一般都要碾两次，第一次主要是脱粒，尽管第二次也能碾打下一些空瘪点的麦粒，但主要是碾秸秆。经过两次碾压后秸秆柔软适口，铡成寸许的短节，拌上青草或者麸皮喂牛。养牛的确累人，按照村里话说，张口东西，见天要吃，一天三顿草料，那顿都少不下，遇到夜长的或者农忙时节，半夜还要加喂草料。

农家肥主要来源于牲畜圈舍。耕牛吃的多，自然拉的也多。为了保持牛圈干燥，每天都要给牛圈垫干土，要不了十天半月就要起一次粪土，一次十几车。那时，家家户户的场里都有一个大粪堆，这种通过生物转换的秸秆还田方式，既肥了土地，又加快秸秆还田周期。现在，机械化收割使秸秆直接还田，经过旋耕麦草被埋在土里。茎叶、颖壳上的病菌也一同被埋在土地。它们不仅能安然越冬，而且随着耕作再次回到麦子身上。如此，病虫年年在土壤里累积，遇到合适的气候环境，就可能大爆发造成灾害。近几年来，村子的小麦几乎每年都会发生病虫害，今年的锈病尤为严重。

以前，收麦是累人的，亦是快乐的。一户十几亩，多的有二十多亩的小麦，全凭一家人一镰一镰地割，一车一车地往回推。车子去不了的地块用扁担挑。割麦子是体力活，也是技术活。好把式不仅割得快，麦茬低，而且地面干净。按照好把式的标准，我父亲是算不上好把式的。他割过的麦茬比其他人的要高一大扎。按照他的说法，他是正确的、科学的。他的割法人不用太弯腰，多留出的麦茬还可以还田，无论是翻埋还是燃烧都能有效地改良土壤结构。村里人玩笑说，我父亲是人懒托词多。事实上，在当时这种收割方式对土壤是有益处的。那些年里，冬天气候比较寒冷，也不利于病虫越冬，而且高茬相对整个秸秆来说，毕竟是少量，其中的利还是大于弊。

夏收时间没有闲人。好玩，爱玩，是孩子们的天性，再累也挡不住他们玩的热情。忙碌之余，捉蚂蚱，做哨子，这些都是麦收时我们乐此不疲的事情。麦地里蚂蚱很多，我们用麦秸做笼子装蚂蚱，给蚂蚱找嫩草和花吃。做麦秆哨子，一般选用粗壮的麦秆，截取指头长一节，一端留着麦秸，一端开放。在有麦秸的一段，用刀片从麦秸处由上往下切开两到三厘米长，这样一个麦秆哨就做成了，习惯叫它"咪"。村子里除算黄算割响亮且柔美的声音外，还有孩子们吹"咪"的声音，时而高亢，时而婉转。

在我们岭上，由于养牛的缘故，焚烧秸秆的事几乎没有，偶尔有烧麦茬的。机械化耕作后，不养牛，麦草也便没了太多用处。为了秋播，有些人烧秸秆。前些年开始，每到三夏大忙，到处能看到宣传、检查秸秆焚烧的标语和人员，并将焚烧秸秆行为提升到违法问题上。

四月下旬，我回村里，麦田出现块状干枯，叶片上锈迹斑斑。堂兄说，今年的锈病来得太快了，发现时他们赶紧就喷药，还是没拦住头。我碰到一个村人，他整个裤腿呈锈黄色，我还以为他在哪干喷漆的活计。后来闲聊得知，他刚给麦地里打完除锈药，锈粉染黄裤子。

村子以前是热闹的，山坡是热闹的，村子的角角落落都是热闹的。家家户户的房子都紧张，几个人挤在一间房子，一个炕头。住户多，人口多，牲畜更多。家里不仅养牛，好多人家还养羊。牛大部分时间是槽养，羊除雪天外，每天两晌都在野外觅食。山坡上沟道里随处可见牛羊和割草、放牧人的身影。秋冬农闲时，狩猎人在山坡间转悠，收获甚微，常常几天才能打得一只野兔或者野鸡。当时肉是稀罕东西，能捕获那些东西，总会让人羡慕。然而，他们不会自己享用，而是在逢集的日子拿去卖。

狩猎是非常辛苦的，背上水壶馒头清晨出门，出去就是一天，常常一无所获。那时的野物少，只能见到野鸡和兔子。兔子在秋天会偷食田间的豆类茎叶。散社后的二十年里，村子里有过獾、野猪和狼。1986 年秋季玉米刚到灌浆期，下午，一个村民在沙坡道干活。突然，发现一只猫獾，他一边大声吆喝，一边追赶。周围人也跟着围拢过去。獾钻进苞谷地和村民周旋。

1988 年 11 月，谢宏在大垴地打胡基。突然，一头野猪朝着他飞奔而来。他本能地扬起镢头。没想到，就在他扬起镢头的瞬间，野猪猛地冲过去，一头将他顶翻在地，头也不回地往前奔。待村里人围拢过来，野猪已经跑得没了踪影。大家你一句他一句地猜测那野猪来路。想来想去，附近不可能有野猪，有可能是从仁宗山跑过来的。在后来的十多年间，再也没见过野猪出没。

至于狼，四十多年来，只听父亲说他在桃树坡见过一次狼，那也是在20世纪70年代末。村里人常常用狼吓唬小孩子，特别是晚上，说不敢哭，让狼听见就麻烦了，狼吃娃呢！我见过狼，我清晰地记得那时还是农业社。一个冬天的早晨，我醒来时家里人都出去了。我胡乱地穿上衣服，揉着惺忪的眼睛走到场塄。突然发现场塄下的小路上站着一只"大狗"。它和我对视之后，迅疾像离弦的箭向皂树梁奔去，眨眼功夫就消失得无影无踪。它的毛是灰色的，拖着尾巴，两只短耳直直地竖着，昂头看我时，眼睛睁得圆圆的。当我给大人们说起，他们都不相信，说那是狗，说这地方多少年都没见过狼的影子。我曾怀疑自己的记忆，那时我还是一个不到四岁的孩子。可是记忆中它的样子的确是狼。

散社后，村子的土地调整过多次。最后一次调整后，我家剩下四亩来地。由于没时间经管，前些年，由堂兄一直帮忙打理。一次回家，说起种玉米，他们一脸无奈。播下的种子，还没出苗就被野鸡刨得吃了。接着补种，苞谷好不容易长成，野猪又来糟蹋。

现在糟蹋玉米的是野猪，以前祸害玉米的是老鼠。1986年，雨水充裕，玉米长得非常不错。当人们高兴有一料好收成时，老鼠成灾。夕阳的余晖刚刚褪去，成群结队的老鼠不知道从哪里突然就冒出来。它们一个个趴在玉米棒子上肆无忌惮地剥啃苞谷穗。开始有人在地头投放老鼠药，可是效果甚微。面对鼠害，全村再次忙活起来了。晚上，大伙拿着手电筒和尺许长的木棒穿梭在玉米地里打老鼠。老鼠怕光，手电筒照到老鼠眼睛，老鼠就趴在苞谷棒子上一动不动。一棒下去，老鼠应声落地。那场人鼠大战直到掰完苞谷才结束。冬天，有人去山坡挖鼠洞，每挖开一个都能收一两升玉米粒。自那年后，田鼠少了很多，虽偶有田鼠糟蹋苞谷，但终不成灾。

在村子短暂而漫长的三十来年里，历经了雨灾、鼠患等自然灾害。而曾经的那些自然灾害，在村人的努力下，并未造成大的不可逆转的灾难。

近些年来，传统农业生产越来越无法满足现实生活的需要，更多的人离开村子进城务工，带走了妻儿。他们不再依赖，更不再依恋土地。还有少数人，一直坚守着土地，以务农为业。可是面对野猪、野鸡的糟践，他们能做的只有给庄稼守夜，一年、两年……除没有任何意义的埋怨外，再无计可施。来自自然灾害的侵扰和非自然的干扰，不断蚕食他们对土地的那份依恋之情。而生产环境如此，纵有杜康，也难解其忧。

去年暑假，我回家住过几天。蝉鸣幽静的夜幕刚刚拉起，田野里鞭炮声起，一会远在梁后，一会近在坡下。我疑惑，不逢年过节放什么鞭炮。一连几天夜夜如此，不仅炮声依旧，还有浑厚高亢的秦腔。后来询问得知，那是在驱赶野猪。为了驱赶野猪，他们绞尽脑汁：地边栽太阳能警示灯，点火堆，在地头大声地吆喝，放鞭炮，放秦腔戏……这些野猪让冷冷清清的村子热闹了，吆喝声、鞭炮声……给村子平添几分生气。

今年，春节后没多久天气缓和了。我们专程回到村里，几个人忙活好一阵子，先种下一片土豆，计划到了时令再栽些其他蔬菜，如西红柿、豆角，回去侍弄一次也划算。四月下旬，我回去栽西红柿，刚到地里，现场令我错愕。原本平整的土地好像被人胡乱地刨挖了一遍，坑坑洼洼，一拃多长的洋芋苗被扔得七零八落。我在脑海里快速地搜索答案，是小孩子的恶作剧，还是谁有意破坏。栽辣子苗时，挖到一块薯种，捡起一看，薯块被咬去一半，我才幡然醒悟，是野猪干的。一个乡人路过，停下来闲聊，他说："你看抖音上啥都发，咋没人把咱这的野猪害人事情发了，让上面也看看。这畜生把人糟扰得日子都没法过了！"随即，他叹口气接着说："哎，发的哪顶啥用！都成这样了，咋能不知道。"我能说什么呢？说什么都觉得不好。

灵魂

我不知道人是否有灵魂，或许有灵魂。至少，一些人是这么认为的。从呱呱坠地到驾鹤西去，一个人走完一个生命历程。或如意，或惨淡，当盖棺后他们就不能被称作人了。人死之后，到底有无魂，我不清楚。对于传说的灵异现象，托梦、附体或亲历者无法解释的迷信现象，我不敢轻言此事。

祭奠最常见的无非是焚香燃裱，当然也有其他方式，香裱尤为关键。长久形成的意识里，那跳动的火苗，渐渐散去的青烟携带后辈的思念和血脉传承。据传，那些燃尽的纸钱可以让逝去的先人在另一个世界里生活消费。

以前，祭奠用的火纸质地粗糙，颜色灰黄。它比现在的白纸厚约三倍，比 A4 纸小一些，约二十张折三折卷在一起，用细纸绳捆成小捆，便是一沓。直到现在，上点年纪的人还认为只有那种火纸是货真价实的冥币，给先人烧火纸才是实实在在的行孝。20 世纪 90 年代前，大凡村里有老人过世，无论亲疏，每家都会在帮忙抬埋时送上一沓火纸，以表乡情。

近年来，再遇丧葬，村子人很少送火纸了，一般都会随上十块或者二十块钱。

关于火纸起源有这样一个传说。有个地方，两户人以做纸为生。一家做的纸张，薄厚均匀，纸张洁白，买纸人常年络绎不绝，日子过得殷实。而另一家做的纸张粗糙、薄厚不一、色泽灰黄，卖出的纸张勉强可以维系生活。一天，男人突然一拍脑门，喊女人拿纸张跑到村口去烧，而且要边烧边哭说：子孙不孝，生前未能让先人享福。如今烧些纸钱，让先人置办用品……望他们在那个世界里生活无忧无虑，佑护子孙平安，家门兴旺。几天后，村子有人效仿。他们烧过纸后，心情大好。一传十，十传百，十里八村的人都去那家买纸焚烧，祭奠先人。从此以后，那家的纸张供不应求，特别是到祭奠的日子，生意更是兴隆，日子发生翻天覆地的变化。人们深信烧纸钱可以告慰先祖，佑护子孙。因为这种纸多用于祭祖焚烧，所以后来被专称为"火纸"。

如今，烧纸花样很多。火纸仍有，销量却远远不及红红绿绿的类似于钞票的冥币。我记得很早的时候，大部分人家情况不好，每到上坟祭奠的时候，就买些颜色深灰色的包货纸，在包货纸上覆盖不同面值的人民币，再压上大小相当的木块，用重物锤打木块，一沓影印有不同面值的纸钱就做好了。烟火燃尽，散在空中的丝丝细烟承载后人对先辈的哀思和惦念，延续传统的宗亲情感，传承几千年的中华孝道。

有人祭祀，亡人犹在。也许，这就是魂灵吧。又是一年清明时，孤寂的田野热闹了。往日的小路上，不时有行人走过，徐徐升起的青烟让世人知道，那个往日里看起来和其他地方没有差异的土坡上埋葬着故去的人。他们的后人焚香燃裱祭祀另一个世界的亲人，他或者她的魂灵依然存在。

缴粮

"农民交了粮就是逍遥王"，逍遥不逍遥还是要看天的脸色，种收要跟着时令。不管怎样说，看天色不丢人，看人脸让人不舒服。在农村，看人脸的时候并不多，缴粮除外。

夏收结束是以缴纳完公购粮为结点。农民缴的粮食分公粮和购粮，缴购粮数量是有弹性的。验收粮食分等级，一、二、三、四级，四级以外就是不合格的。一个乡一个粮站，一个乡所辖区域的夏收时间相差无几，因此缴粮很集中。每年六月底到七月中旬，粮站的院子、门外排满装满麦子的架子车、独轮车和焦急的缴粮人。当验粮员走到跟前，缴粮人忙不迭地赔笑脸。活泛点的赶紧掏出一支烟递给验粮员，期望高抬贵手。他们的一句话一个字决定能否顺利缴粮和等级评定，等级高的卖的钱就多。对于忙了一夏的村民，此时更多关心的是能否一次验收通过，至于等级就显得不那么重要。如果被评定为粮食干度不够，就需要在粮站重新晾晒；如果说净度不够，就要上各种器械，比如风车、振动筛等等，一趟折腾下来到了第二天也不见得能顺利交完。

坡岭地区早晚分明，即便是炎热的夏天也是如此。太阳刚刚偏过头顶，妇人家开始准备响午饭。饭好了，晾晒的麦子也基本收拾干净，装袋。吃罢饭，女人开始套车，男人装车。一副单车，一头牛拉引，一个家庭的两个主要劳力推着粮食去乡粮站。到了粮站，太阳已经快下山了，望着看不到头的缴粮车，他们只有期盼验粮员动作快些，自己运气好些。将粮食送到粮站，女人牵牛回家。家里一堆事情还要等着女人做。

缴粮是一个漫长的等待，也是一件让这些农家人常常无奈的事情。运气好的前半夜就能回家了，运气不好的或者粮食不好的常常会持续到第二天晚上，甚至更长时间后才能回家。

收粮季是一年中粮站工作人员最忙的时候，也是最让人重视的时间。当然，也是让人背后骂得最多的时候。当他们拿着探杆、钢笔和纸张走到谁家粮食跟前，早已疲倦的缴粮人即刻来了精神，脸上堆满笑容和期盼。验粮人还没伸手，缴粮人早已撑开了袋子口，夸说自己的粮食好。验粮人抓起一把还有余热的麦粒揉搓两下，扔几颗到嘴里咬，然后再把探杆插进袋子中，挖出中部底部的麦子看看，咬咬。掏出纸片写评定级别，或者是过风扇，或者上振动筛，或者是上高高，或者晾晒，一张纸片给了这些粮食最终判决。这个凭着经验和感觉的评定常常会让缴粮人出乎意料，或者惊喜，或者小声宣泄怨气。

女人回到家，收拾完毕夜已经深了。她们端着小凳坐在门口看着村子路口，期盼听到自家人的声息。

那一年村子里回来最早的是一个被大家叫"逛哥"的男子。大家叫他逛哥，一是他说话做事惹人乐呵，二是他发亮的秃顶，"逛"和"光"谐音的缘故。在村子里，只有他养一头驴。大伙出行靠腿走路，他骑着驴子悠哉悠哉。他运粮比起大伙轻松，装好粮食放在驴背上，一路牵着驴子，哼着小曲。

看到"逛哥"，几个人赶紧问自己家的情况。得知还早着呢，无不摇头叹息，随口夸赞几句"逛哥"能行。逛哥不无遗憾地骂："咱这脸还不如这货驴脸！"

"逛哥"说，开始验粮员说他的麦子不行，要过振动筛，还要再晾晒。他和验粮员争辩，正说着时候，驴缰绳开了，他跑去拴驴。待他再次回到粮袋跟前准备和验粮人好好说道，验粮员扔下手中的麦子，有些讨好地问驴是他的吗？他说是的，验粮员问驴子乖不？踢人不？他说驴子是他儿子，不仅乖娇，还会骚情，惹得验粮员大笑。验粮员问能不能让他骑一圈，"逛哥"歪着头说骑我儿子可以，我还饿着肚子呢。验粮员白了逛哥一眼，随手给写了个二级的票，让他去过秤算账。

那些已是陈年旧事，现在说起也仅是一段让人啼笑皆非的过往。如今的农民不用缴粮了，不用排队等待验粮员的判决，常年在农村以外的地方谋生。至于脸面的问题，还真不好说？

金山腿

金山属于岭区，多为坡地，村民多数居住在坡梁顶部较为平坦的地方和半坡地带的平缓区域，缺水是普遍问题，即使在年降水量主要集中的春季秋季也是一样。生活用水基本上是地表水或者窖水。地表水和窖水均源于自然降水。日常出行不是上坡就是下坡。

在金山，生于20世纪四五十年代的人大多患有关节病，膝关节病尤为严重，关节增生、疼痛影响到日常劳作和生活，严重时疼得他们整夜无法入眠。人们习惯将这种腿病称为"金山腿"。患有"金山腿"的人经常被称为跛子。

我的父亲40年代初出生于蓝田辋川。辋川距离金山约百里。由于生活所迫，爷爷携家几度迁移，后定居金山。父亲幼年经常缺吃少衣，少年如故，家境清贫。中学时在外住校，被褥单薄，不足御寒，常常几个同学一起合铺取暖。初二那年的一个冬夜气温骤降大雪纷纷，风撕破窗纸，直接灌进教室。同铺同学裹被褥，半夜父亲冻醒，腿麻木得几乎没有知觉，从此落下腿疾。毕业后回乡工作，往返于家校之间，每天四十余里，无论刮风下雨，一晃坚持了四十多年。家里还有近二十亩的田地，岭区的田地多为坡地，耕作全凭人力。夏秋两忙更是劳人。常年高负荷的工作，使得关节病痛无以缓解，且随着年龄增长日益加重。我记得，每到农忙或者要外出开会，他都要提前服用止痛片，缓解腿疼症状来保证一天的劳作。尽管如此，一天下来，腿僵硬得活动不便，不敢停歇，停歇后再走动便需要先慢慢活动一阵。看他每次活动关节都咬牙忍着慢慢晃动小腿，或者扶着墙走上几步，常常疼得额头出汗。父亲常戏说他的腿和机器一样启动前需要先预热磨合。因为关节疼，刚站起来腿脚僵硬，身子前倾，靠着腰劲带动腿往前移动，有些爱开玩笑的人戏称为类似我的父亲这样的腿脚为"髁权腿"。父亲每次听闻，淡淡一笑从不在意。母亲则不然，常为了维护父亲，反唇相讥，斥责那人心眼不好取笑人。父亲常劝说母亲何必在意，再说自己就是腿脚不好，还不让人说。谁爱说，就让去说好了。

我上高中后，自行车多了。由于家庭负担依然重，父亲不舍得花钱买一辆新自行车。正好，村里一户人退换下来一辆飞鸽牌自行车。车子虽旧但还结实，简单收拾还是可以骑的。父亲便花了十元钱买了，经过一番收拾，换掉断开的辐条，润滑链条后骑着还不错，代步不成问题。有了那辆自行车，父亲每天上下班轻松多了。待父亲退休时，家里的地已经没有多少，仅剩下母亲一人的四亩多地，且地就在家周围，侍弄起来方便。可是忙碌惯了，突然间闲下来还适应？那年，家里的地基本上没有套牛犁，是父亲一铁锹一镢头翻完的，还将地周围的荒草坉开垦成麦田地。

父亲是2000年退休，在家待了一年。2001年随着子女离开了村子生活在城市。他的腿慢慢好起来，虽说没有多么灵便，作为一位高龄老人，已经很不错了。饭后在院子坐坐，在小区周围转转，赏景漫步，怡然自得。

时间飞逝，物是人非。生活过的村子容貌依然如故，没有太大的改变，只是人员渐稀。走在熟悉的村子里，不免想起过往的点点滴滴。我想如果不是再提起，几乎没有人会记起"金山腿"。这种地方病是对一代人的折磨，同时也是磨砺。如今，这种地方病早已消匿在历史的长河里，也许只有我才会偶然记起。

大马河桥

　　小时候家里有台收音机，闲暇时常听一些广播剧、小说等，诸如《隋唐英雄传》《三国演义》《水浒》等。第一次接触路遥先生的《人生》就是那时。几十年过去了，曾几度重读路遥先生的《人生》，每次拾起心情都不同。高加林，既让人怜悯，又让人厌恶。他活得卑微、真实。刘巧珍始终善良、美丽、鲜活、真实。她的美让人不忍看到她受到丝毫伤害，抱怨上苍的不公，怎么能任性地让她经受如此折磨。她几近完美的品格理应得到上苍的额外眷顾。

　　她像她姐姐巧英一样长得漂亮，和姐姐一样没有念过书。姐姐被村子大能人高明楼相中，做了大能人的大儿媳妇。到了巧珍谈婚论嫁的年龄，刘立本家的门槛几乎被踩烂，而巧珍始终没有相中的人，无论是干部、工人，还是殷实可靠的农村人马栓。自她情窦初开就喜欢上村里的高加林。她喜欢高加林的高大、帅气、干净，喜欢他能吹拉弹唱，还能给报纸写文章。她痴迷高加林。

　　为了他心爱的人，她撇开世俗的眼神，不顾村子人嘲笑，不顾父亲的责骂，几乎疯狂地爱上高加林。她爱高加林，从那懵懂青春开始，高加林出了村子踏进县城的高中，她知道自己将不再有资格去爱那个将会成为干部的心上人。他高考落榜了，她为他伤心，也为自己高兴。她伤心加林哥大学梦破碎后的痛苦和失落；她高兴，她终于有爱加林哥的机会。高加林回村后，进入学校教书，她希望她的加林哥有这个机会。她可以每天看到加林哥的身影，她是满足的，幸福的。高加林哥被顶替失去最后走出村子做公家人希望的时候，她恨大能人高明楼，再次燃起爱的希望。她为回村后郁郁寡欢的心上人着急，想着法子安慰他，可总是无法鼓起勇气。她害怕心上人笑话她走路，笑话她说话，尽管她非常自信自己的漂亮。她多少次梦想和自己的加林哥像电影中的那样拥抱、亲吻。经过几天消沉的高加林提着馍篮子去镇上，她鼓起勇气，骑上车也去镇上。看到高加林在人群中局促的样子，她伤心得哭泣。她帮心上人处理掉馍馍，还给他买了一条烟，她幸福得像个孩子一样亲吻放学的娃娃。在大马河桥上，第一次大胆地说想和他一起回村。她想说出自己憋在心里的话，她顾不上村子人会怎么议论她，更顾不上将会来自父亲的狂风暴雨般的斥责或管教。她爱加林，爱得义无反顾。即使让跳崖，她也愿意。她爱得执着、炽热、单纯、痴心。她为爱付出、行动，抛弃一切世俗的东西。

高加林去了县城，她精心地照顾他的家人、他的家，并享受所做的一切。她恐慌城乡之间差异带给她的压力和隔阂。她知道心上人的心不在村子。当她知道高加林和黄亚萍的事情后，她痛苦，但她没有责备他，而是选择退却。她爱高加林，爱得无私，爱得痛苦，似乎在她身上让我们看到了爱的真谛。

她接受再次上门求亲的马栓，并很快结婚。她与马栓闪婚，是为了高加林能坦然地和黄亚萍走在一起，抑或是为了让自己彻底忘记她的加林哥，让自己的梦彻底地摔碎？无论是何种意图，对于高加林似乎影响不大。迎亲的唢呐声起,她蒙上布满泪痕的脸出村子,做了马栓的女人。

世事无常,在巧珍婚后不久,高加林的爱情也随之破碎。这消息很快传到高家村。村子里最伤心的人是巧珍,她害怕高加林无法接受现实的打击,害怕他无法适应回村后的生活,害怕来自村人的嘲讽。当听到姐姐巧英和妈妈商量一起拦路羞辱高加林,她跪倒在姐姐面前乞求姐姐别那样,求姐姐与她一起去央求高明楼给他谋份代理教师的差事。最了解高加林的人是巧珍,最不了解高家林的人也是她。她知道回到村子的高加林还会爱她的,可是已为人妻的她不愿意让老实的丈夫马栓遭受和她一样的痛苦。大马河桥,村子通往外界的桥,在桥上有他们爱情初始的幸福,有高加林回村的悔恨。一座桥见证爱情的甜蜜与苦涩,见证人生的无常。在大马河桥,她让心爱的男人流下悔恨的泪水,而没有受到羞辱。她尽力地帮助深爱的人,她也恪守身为人妻的本分。

在爱情面前她输了,输得一塌糊涂,输得让人为之心颤,而她输得坦荡、磊落。她勇敢冲破世俗的羁绊疯狂炽烈地爱过自己心爱的人,她也沉醉过爱情的幸福。大马河桥是她爱的开始,也是她爱的结束。她赢了,不仅在《人生》里。

兰州行

　　我曾去过兰州三次。第一次是在 1999 年的深秋，那年我正读大三。她计划考兰大的研究生。我陪她去兰大拜访导师和学长，以获取复习资料和专业方向。我们从西安出发坐十几个小时的火车，次日清晨抵达兰州站。拂晓的兰州灰蒙蒙的，随风飘洒的雾雨夹着丝丝寒凉迎面而来。一个寒战，让我的睡意顿时消失。

　　我们走出车站，红泥砖铺的地面湿漉漉的，广场周边瓦房低矮。车站背后的山体光秃秃的，几乎看不到几棵树木。广场上等车的乘客寥寥无几，他们头上戴着白帽，或圪蹴或坐在帆布行李包上，三三两两地围坐在一起。广场对面，一栋大约六层的楼房依山而建，楼体上斑驳的锈迹清晰醒目，估计停工有些年头了。楼房背后的山梁上，几间矮小的民房上飘着几缕炊烟。

　　公交站台在广场对面，我们走到站台刚好赶上头班车。开往兰大的公交车是老式的有线电车，车厢分两节，中间一个大圆盘连接着前后两节车厢。车厢地面铺设条形木质地板，有几处已经断开巴掌大小的豁口。

乘客不多，零零散散。窗外冷冷清清，偶尔有几声自行车铃叮当叮当的声响。电车跨上黄河大桥，浑黄的河水在桥下奔腾。约莫过了一个小时，我们到了兰大。

兰大校园古朴典雅，松柏参天，三五成群的学生抱着书说说笑笑，不紧不慢。我们问了学校招待所的方向，便匆匆去办理住宿手续，来不及休息便直接去找老师。事情办得很顺利，也更加坚定她报考兰大的信心。兰大的招待所是多人间，她的房子是两人间，另外一个人先于她入住。我的房子在她的隔壁，是三人间。在来兰州的路上，她一直郁郁寡欢，烦躁不安。这是我们第一次出远门，我的心一直绷得很紧，躺在床上，一直伸着耳朵听隔壁的动静，睡着估计已是后半夜。第二天清晨，我们再次搭乘公交去火车站，路过跨河大桥，河水浑黄湍急。她在西安市区上学，我在近百公里外的杨凌上学。近四年时间里，我们书信往来，聚少离多。陪着她踏上这座城市，也许是一切结束的开始，但我还是希望她能如愿。年底，突然间，我与她的一切结束了。兰州之行是我和她最后一次结伴。

当我再次踏进这个城市，已是二十年后的暑期。我带妻儿去兰州旅游。我们从西安乘高铁，三个小时后到兰州北站。出车站，车站广场宽阔宏大，地面、台阶石材铺设，景观优美，错落有致，人行扶梯方便快捷。车站对面高楼林立，街道宽阔，行人络绎不绝。第二天，我们去拉卜楞寺、甘南草原，参观藏传佛教寺院，游览草原腹地。第三天，我们游历黄河风情街、白塔山公园。在兰州市区不用跟团，行动很随意。我们过中山桥，拾级而上，登上白塔山顶俯瞰兰州城区，黄河自上而下似从天上而来，横贯市区。街道两侧绿树成荫，蔚为壮观。城区群楼林立，河面上快艇穿梭，羊皮筏悠闲慢行。下山过中山桥回到南岸，漫游黄河风景线，品尝码头牛肉面，瞻仰黄河母亲雕塑……晚上，到小吃街品地方美食。街口游人如织，摊点吆喝声喧嚣，但味道很一般。

一年后，我再踏上兰州，是因为有人介绍一个项目。项目进展非常不顺，我曾几度近乎崩溃。在项目实施中，难得清闲，漫步黄河风景线，穿过绿树长廊缓步拾级而下。时已黄昏，喧嚣一天的城市渐渐安静，宽阔、恬静的河水安闲地从我身边流淌，轻轻扑打着滩上的碎石，落日的余晖已经滑过山头。河面、城市徜徉在黄昏的静谧中。微风拂面，垂柳枝条轻曳。在这个深冬的傍晚，我伫立河边，那层层叠叠向前涌动的黄河水似乎随时会骤然大作，吞噬一切。一股莫名的惊恐袭上心头，我忙奔上堤坝。街道依旧，车来车往，临河长廊上杨柳婆娑，行人悠闲惬意。城市的灯接连亮起，整个城市沉浸在绚丽的夜幕里，宽阔的河堤大道车水马龙。那些过往倏然浮现，二十多年一晃而过，唯有黄河水滔滔向前。

农事小记

刚分田时，村里有不少荒坡。大伙忙地里活的间隙开垦地头或者土厚的荒坡。他们一铁锨、一镢头刨挖，一把一把地捡拾杂草。没几年时间，塄坎下，房前屋后出现了大大小小的地块。他们开垦的这些"自留地"是不计产的，收的粮食蔬菜都归个人。

大的地块种粮食，小的地块种点杂粮或菜。冬天，人们在小块地边隔一两米远挖一个小坑，倒上粪，沤粪。谷雨前后，在坑窝里插上两到三颗南瓜子，待到麦苗有个半尺高时，南瓜秧顶出地面，两半肥厚的椭圆形叶片惹人喜爱。南瓜是最好种养的，下完种几乎不用精管，藤蔓沿着地面、坡塄随意伸展，黄色的南瓜花长满藤蔓。成熟后的南瓜，大的有粪笼大小，小的也有碗口大，表皮有暗黄的、灰绿的，切块煮熟后，沙面甜甘，配上豆角，不仅是美味，也是很好的口粮。

那时，我学着大人开荒地，扛着比我还高一大截的镢头，在不远的坡塄下刨挖了好长时间，开垦了几十平方米的坡地，地上边有一条两尺多宽，一路向下通往村子西边的田间小径。路的上边有洋槐、杏树、构树，地块中间有一棵碗口粗细的杏树。从杏子泛白到成熟，常有人站在路边投掷石头打杏吃。石头、杏子、枝叶一起掉落在地里，一片狼藉。那块地土层不薄，却夹杂着零碎的石块，上有枝叶遮蔽缺少光照，的确算不上好的荒地。在这块地上，我种过洋芋、南瓜、向日葵，也种过苞谷。尽管，每逢收获，心里总是免不了有些许失落，但从未妨碍我侍弄它的热情。每年到了时令，我都会及时种上一些东西。

1989年秋季，父亲在那里种了一片芫荽。临近过年，芫荽长得又肥又大。那年我在乡中学上初一。周日上学背一袋馍，周三家里再给送一次馍。一个周三正好逢集，母亲给我送馍。离开学校时，母亲说家里香菜今年长得好，吃不了。她今天挖了一些顺便卖掉。下午放学后，我去集市看母亲回去了没。走到集市东头，远远地看见母亲站在一排卖葱车的间隙，不停地搓手，身上落满雪花。我到了母亲跟前，她忙伸手扑打我身上的雪花，问我冷吗？地上还有两三把香菜没有卖完，母亲从裤兜里掏出皱皱巴巴的零钱，一边整理，一边说，她不会卖东西，也没有称，估摸能卖四五块钱，够扯买鞋面……她一边说，一边弯腰收起塑料纸，要给我去买油糕……从集市到家要翻过两道山梁，走十多里。天空雪花飞舞，天地一色茫茫一片。母亲渐渐远去的背影渐渐变小。

村里盛产大葱。我们把育葱苗称作"下葱秧子"，一般是在当年的三月底到四月中旬育秧。麦收结束移栽，腊月出葱，运到集市卖给葱贩。那时农家人除交购粮收入外，大葱算是家庭中大的收入。

种植大葱，一般都选在当年的麦茬地里。收完麦子直接在麦茬里开沟，移栽。开沟深度大概一铁锨多，翻出的土沿沟沿一边翻倒形成一道背梁。这些土在后期给葱夹土时，一点点地再次回到沟槽里。人们要随着葱的生长不断地夹土。夹土及时，不仅葱长的高，葱白也脆甜，香辣。腊月，一棵葱白足有一尺多长，粗的有擀面杖粗细。挖葱，要沿着葱，距葱行一扎左右开挖，深度接近栽种时的深度。近了容易伤到葱白，远了起葱时也容易拔断。起葱，一般都是赶在集市前一两天。挖早了，卖时要折不少斤两。挖葱讲究，捆绑更是讲究。一样的葱，行家捆绑的，不仅好出手，更是能卖个好价。捆扎葱捆的绳子用的是麦秆。在挖葱前，先要泡软麦秆，捆绑时取上四五根捻揉在一起。一捆葱捆绑两道，根部以上寸许处一道，葱叶下端一道。打捆时，将两条拧好的秸秆平行铺在地面，依次将葱码放上：通常先码放品相最好的葱，再是一般的，最后是品相最差的，一捆约二十斤。捆绑时，从一头卷起，绑完后，一只胳膊夹住葱捆，另一只手将几把凌乱的干叶，一个漂亮整齐的葱捆便打捆完成。

家里种植大葱是在 1989 年，那时刚搬到新家，尽管屋子还有点潮湿，但总算有个可以遮风避雨的地方。父母的心也松了，有更多的时间经管田地。一次逢集，父亲和村里人合伙推一辆单车卖葱。不久前刚下过雪，阴坡的路面积雪光滑，阳坡的积雪已经消融路面泥泞。他们的鞋子、车轮糊着厚厚的黄泥，每走一步都要十分卖力。上了盘盘路，父亲已是满头大汗，发丝间冒着热气。他弓着腰使劲地蹬着路面，使出浑身气力拽拉着装满葱捆的单车。卖葱，父亲不是好手。他不会捆葱，一样的葱经他手，没有一点卖相。打眼一看，就是大大小小的，有好心人说父亲傻，不知道"包包子"。父亲说，捆葱可以不讲究，做人不能不讲究。

干农活扶犁是基本技能，也是最辛苦的一件事。提到扶犁，我还是非常骄傲的。种地，我不仅偏爱，更有天赋。那时，我个子不高，站直了也就有犁把高。邻家的麦茬地已经翻过好久，父亲却忙于学校的事情，无暇顾及。我和母亲便套起犁尝试犁地。经过一天的摸索，第二天我就可以扶着犁把像个大人一样扶犁吆喝，娴熟自如。每当想起，我都很得意。农作中的撒种，耕耙可以说样样自通。高中、大学的假期，我经常给田地里拉送牛粪，坐在车辕上闻着圈土渥堆后特有的气味，摸一把额头的汗水，心里充满幸福和满足，以致大伙戏说我就是"打牛后半截"

的料。虽说是玩笑，我却很受用。

由于上学，我离开村子。几十年过去了，农民种地不再交粮，那些曾经的变成一块块的梯田，土地面积的减少很多，家里仅剩下五块地，共计四亩多。四五年前，发展乡村经济，鼓励农民种植经济作物。我栽几十棵核桃树苗，时常回家侍弄，亦是难得的享受。

孩子出生

    2002 年，我住在大雁塔村。村子位于大慈恩寺右前方，村口距离大慈恩寺正门约三十多米。村中有一条约五六米宽的街道，摆满各类摊点。街道两侧是高低错落的民居，高的七八层。每层都有好几个小房子，大的有十五六平方米，小的只有四五平方米，放一张单人床，仅容一个人来回转身行走。单砖墙体既不保暖，也不隔热。夏天，房子、楼道比室外还热。我和妻子曾住在那个不足六平方米的房子。晴天，房子闷热，常常彻夜难眠。逢暴雨天气，雨水沿着窗框灌进屋子流得满地是水。妻子是山西人，毕业后留在西安。我刚从武汉调到西安工作，我们是生活在西安的外地人。办理结婚证时，我专程去武汉开具户籍证明和介绍信，在妻子的山西老家办理登记。

    2004 年 7 月，妻子的预产期快到了。我们去医院例行产检，医生说孩子长得比较大，脐带绕颈一圈，羊水质量不好，估计顺产可能性小，建议妻子刨宫产。走出医院，我和妻子非常纠结，顺产还是刨宫产。若坚持顺产，万一如医生说的折腾半天后再手术，人要多遭一次罪。接受医生的建议，第二天我们便住进病房，托人找科室主任，请他主刀并给予关照。那时我二十八岁，妻子二十四岁。

入院的第二天，医院安排手术。早上 7 点 50 妻子进手术室。妻子进了手术室，我站在门口，大脑一片空白。在漫长的等待中，到了 8 点 30 分，手术室的门开了，护士怀抱女儿走出来。母亲接过女儿，护士说妻子还需要一会才能出来。过一小时，手术室门第二次打开，妻子脸色苍白，神志模糊。到后半晌，妻子意识渐渐清醒。我们才得知麻醉出了问题，取出孩子后，她血压直线下降。她隐约听到大夫说血压六十多，必须立即药物升压抢救……便失去意识。直到晚上，妻子还没有缓过来，一直嗜睡。

刨宫产的孩子需要连续注射两到三天青霉素。第一天打完针孩子吃奶睡觉都正常。第二天早晨注射完针剂不到两分钟，女儿突然啼哭不止，声音急促而沙哑。她一会儿脸色涨红，身上皮肤有点发紫，呼吸急促。我们急忙喊来医生，医生询问完情况说女儿估计是青霉素过敏。经过吸氧等抢救措施后，孩子渐渐恢复正常。

时间飞逝，那个呀呀学语的孩子转眼间已经上高中。每当回想起她儿时的样子，似乎就在昨天。在她两岁时，我们常常念叨要再生一个。生女儿时的阴影多少年来总是挥之不去，而且那时还没有放开二胎，即使顺利生下孩子，上户口也是问题！女儿上小学，我们再次强烈地萌生了生二胎的想法。当问孩子时，她表现得异常坚决。前段时间和孩子聊天，说起当时的事情，孩子歉疚地说，当时周围的小朋友对家庭二胎都很敏感，所以她也就傻傻的……

小骆

　　小骆，我与他初识是在十几年前，一直习惯叫他小骆。那时我开店。一天中午，店门外自行车停放声响过，他进店，一米七五左右，偏瘦身材，很精神，一脸随和的微笑。我们住的很近，距离不到千米，他住的院子不能随便出入。他经常会到店里来，我闲暇时常到他办公室闲聊，一起外出闲逛。

　　他喜欢旅游，骑车去过川藏、新疆等地。在我们原来的房子旁是一所大学，在学校操场，常能见他打太极，非常专注。他常说，等我退休了，给我教太极。我们在一起聊天，他很少说及孩子和家人，偶尔说起也是一副毫不在意的神态。后来，我们住在一个院子。由于工作原因，见面次数很少。住的近了，我们一起喝茶的时间多了，但聊的也是外面的事情。最近，每次通话他都匆忙，我感觉他似乎有什么事情。他没说，我也不便多问，只说需要帮忙就说声，他说以后再聊。

　　今天大早，我看到他发朋友圈，便好奇地点开，看着他的文字，鼻子发酸。他说：

"妈妈，从小我就很骄傲，因为我有一位世界上最好的妈妈。您自强不息……您是我生命的源泉，精神的依靠……我曾试想过，若干年后，母亲老去，自己能够承受多大的痛，可亲人离世总比我们想象的突然……儿在房间内踏寻您的足印，器物上触摸您的指痕……妈妈，您还回来吗……您安息吧……愿天堂里不再有车来车往……"

这十几年里，我和阿姨见过几次，阿姨很瘦，但很干练、随和、可亲。她抬腿上车踩动踏板的精神头一直留在我的记忆里。人突然间说没了就没了。我责备他没有告知我，让我也送送老人。他说不想让我知道，不想让任何人知道，不想麻烦别人。我劝他节哀。

几天后，我们见面。他瘦很多，刚理过发，很精神。我和他交谈格外小心，怕触到他的伤痛，但聊着聊着还是说到了。他说没了老人，突然间成了家中个子最高的，猛地就把他推到家中最醒目的位置，要责无旁贷地担起家庭重任。他很疲惫，没有姊妹。在这个斑驳的初冬里，风有些冷。

老家

　　前几天回老家，喜见村里人吃上深井水。回城时，我特意带了一桶，准备泡茶。我们烧水，起茶，泡茶，淋茶碗……稍许，起开碗盖，普洱晒红特有的香气扑鼻而入，茶汤红润，轻轻呷一口，茶汤缓缓滑过唇齿，顿时觉得口舌生津，一天的劳顿顷刻全无。

　　一直以来，村里吃水问题困扰乡亲。最早是在"老槽"弯，有一口丈许深的石头井。在1982年，那口井干了。村民到场塄下五六百米的老水泉挑水。那口水井，常年水满井口，不漫不溢。那口水井离村子上面人家远，坡陡，挑一趟水，中途需要休息。1988年，那口水井也干涸了，四壁长满青苔。

　　吃水问题再次困扰村民，他们在"老槽"那口石头井旁两米外的渠口，刨挖出一浸水眼，渗水有小拇指粗细，勉强可以维持供给四五户人家的基本生活用水。逢春夏少雨时节，浸水减少，生活缺水成为常态。常常积一晚上，只能盛满四五桶水。

　　村里唯一一个不缺水的地方是"滩里"。那里是沙地，薄薄的地表土层下是沙层。沙梁间有一股水常年流淌。在出水点几十米外的坑洼处有一个水池。2011年，生产队在村子东梁上修建一座水塔，从"滩里"将水抽上水塔，再流向各户。去年，政府的饮水工程彻底解决了村子的饮水问题。在村子柏树坡下的沙坡打出一口三百米的深水井。水塔建在"老坡"的"四仞沟"。

这个坡岭地区的小村，有三面大坡。一面是老坡，一面是驻马梁，一面是胡南湾。20世纪80年代初，人丁兴旺，林木茂密，特别是那三面大坡。20世纪80年代末到90年代初，三次大规模的砍伐，几天时间三面大坡被砍伐一空。两个小队近百人聚在一起，斧头的劈砍声，锯子的刺啦声，树冠倾倒声，喊叫避让声汇成一片。生长数十年的刺槐、椿树、楸树在嘈杂声中轰然倒下，在暮霭中留下一片片白生生的根茬。坡面暴露，一道道山梁如老者暴起的青筋。几年后，树根被村民刨挖，破解成一根根硬柴，在锅灶下燃起熊熊灶火。

三十多年间，这几面坡历经分林到户、封山育林，直到村民不再喂养牛羊才得以逐渐恢复。山坡再次绿荫葱葱，野兔、野鸡随时可见。隆冬时节，野猪啃食麦苗时有发生。春耕的玉米刚刚埋进土里便被鸟雀啄食，玉米灌浆时村子更是热闹，彻夜回响驱赶山猪的吼声。

这些年村子变化很大，土路铺上水泥。路口、场头装上太阳能路灯。时隔二十多年，再次回到老家。我依然喜欢那里的阳光，那里的土地。

十月一

清明、"十一"上坟祭祀隆重而庄严。我从选购祭品到跪拜坟前献祭品、烧祭品都很谨严。每次上坟前，我总是特意细细询问父亲其中的一些细节。

现在，人们不太拘泥于那些老规矩。每年到清明、"十一"前后，能看到焚纸祭奠的场景。按照习俗，上坟，清明可以早上，"十月一"不能早上。清明一般是儿孙祭扫，"十月一"是女儿送衣。过去的衣物都由纸活店的手工艺人剪裁、糊制。阴钱大多是一种专门"火纸"及用火纸剪成的古币。现在的冥币种类齐全，各种面额应有尽有，小到一块，大到千百亿的面值。衣物花色款式各异，一个包装几件套。人们购买非常方便，到一个门店，百十块就能置办停当，吃的、用的、穿的、花的应有尽有。

我没有见过爷爷奶奶。爷爷在我出生的前一年去世。奶奶去世得更早，她老人家过世时，我们还在以前的老家。她的一生受尽生活的艰难，未曾享过一天清福。我与先人虽未曾谋面，但从父母那里常听到老人的点点滴滴。爷爷享年七十六岁，为了生计奔波一世。他一生艰苦，但无大病，走得突然。按乡人的话说，爷爷算是积善行德了，临终前未曾受疾痛折磨。爷爷个子不高，性情温和，不急不躁。即使天塌下来，他老人家也不慌不忙。母亲常念叨爷爷是个老好人、老实人，一辈子不瞒不骗，为人坦荡，不争不斗。即使遇到无理非难，也是温和地一笑了之。爷爷一生不愿照相。父亲曾请过一位画师给爷爷画像。无论他怎么劝说，爷爷都不肯。想起奶奶，比起爷爷更让人心酸。奶奶过世时，父亲尚在童年。奶奶要强，为人豁达，然而也抵不住世俗的炎凉。母亲当然与奶奶未曾谋面，但每次说起奶奶，她总是说我奶奶是好人，是干净利落的人。我很遗憾没有见过爷爷奶奶，但爷爷奶奶似乎从未离去。

这些年里，每逢两节，我早早就会惦记起祭扫的事情，也是我一年中最为隆重的活动。

雨子 [①]

在村子的张坪有一片雨园，密密麻麻长满雨子。雨园四周都是麦田，雨园地势低，一年四季总有积水。二月天气渐暖，田野绿芽随处可见，雨笋也迫不及待地拨开覆在地面的枯叶，探出尖尖的脑袋。它长得很快，一个不留意就窜出一大拃，密密麻麻，整齐有序，傲然挺拔。三伏天，进雨园，顿时清凉。从园中穿过，凉气习习，雨叶清香让人神清气爽。初冬时分，田野空寂，满园芦花随风起伏。夕阳西下，余晖洒在芦花上格外好看，让人流连不舍。

雨子的杆可做薄子、席子，鲜雨叶可包粽子，枯时做柴火。村人端午有包粽子的习俗，雨叶包粽子很好，顺手采摘便是。雨叶包粽子，粽子不仅有糯米的清香，更有雨叶的清香。

以前村子盖房子离不开薄子。雨杆是打薄子的材料。盖房时，打薄子最热闹。先按照屋面的长度在地面砸一排木楔，木楔间隔约一米五，

---

① 雨子即芦苇。

再按照屋面的宽度，平行于第一排木楔对应砸一排木楔，在对应的两个木楔之间拉上一条麻绳，便是薄子的经线。然后，在木楔上绑上一卷织绳。女人和孩子一起干，一根经线一个人，大人位于两端，编织同时负责搭放雨子，孩子们在中间。

剥去雨子上包裹的叶鞘，划开碾压制蔑，编织各种物件，如用来晾晒粮食、铺炕的席子，盛放粮食的包和"芡子"。包是圆柱形、有底无盖的。芡子是一尺多宽几米长的席子，用它盛放粮食比用包实用。根据存放地方和粮食的多少，可以自由盘圈。

编席的和做木活、打石器的人一样，被称为匠人。我们村子就有一个席匠。在20世纪80年代，他可是一个大忙人。他农忙时忙农活，农闲时也闲不下来。不是被这家叫，就是被那家请。一把拨刀，一杆木尺便是他的碗筷，游走在乡村中。雇家不仅要付工钱，还要一天两顿管饭食。他平时话不多，脸上总是笑容。他的烟袋不管是否点着，总噙在嘴里。他的手很粗糙，结满老茧，经常缠裹着已经发黑的白胶布。然而，这一点不影响它的灵巧，一根根长长的雨子杆从拨刀口进去，四瓣雨子坯呲溜呲溜从拨刀尾口飞出。整个过程一气呵成，动作娴熟如同我们吃饭时往嘴里送饭一样自如，最令人羡慕的是他站在碌碡上碾雨子皮。他站在碌碡上，背着双手，脚悠闲自如地踩蹬碌碡，粗壮的碌碡像是有了灵性样，平稳地向前走，向后退。那逍遥的样子，一点都不像是干活，倒像是背着手在场间散步。他编织席子，一排排雨蔑，经纬交错，随着手指拨动的节奏，雨蔑上下翻飞，连贯娴熟的手法令人咂舌。

一位席匠，一根雨子在那个时代里是人们生活不可或缺的。恍惚间，这些场景似乎过去了一个世纪。历经岁月更迭，村子的那片雨园一点一点消失。每到春季，芦笋似剑，整齐挺立的壮观景象只能隐隐在脑海中浮现。如今，雨园已经消失，紧邻雨园西侧我家的那块田地，几经分配，在还没有出笋成园时几易人家，我渴盼的蒹葭苍苍终未如愿。

前几天，我遇见老席匠。前些年，他在扶贫搬迁中，离开村子，去十几里外的镇上的移民楼居住，成为乡村的城市人。有人和他闲聊，问住洋楼美不美，他笑着说："美嘛。"然后憨厚地笑。近几年来，乡村发生了翻天覆地的变化。去地头的路是两到三米的水泥面，农业生产完全实现机械化。种地不再是村人的主营，也许只是因为有地而耕。老席匠在村里的房子拆了，地还在，耕作起来非常不便。从村子到他现在的住处有十四五里。他从现在的家到村子的地里，已是晌午，干不了多长时间，便要动身回家。回到村子没有了歇脚的地方，喝口水也要到邻居借。和他一样，几户移民户，放弃了耕作。年轻的进城务工，收入比起种地好许多，而像他这样上了年纪的人去城里务工不大可能。

二十多年不见了，再次相遇。我一眼便认出了他，几次想张口问他，还能像以前那样娴熟地编织席子吗？可欲言又止。他还是以前的样子，容貌似乎没有太大的变化，依然淳朴，总是笑呵呵的。端午节到了，我拨开裹着雨叶的粽子，想起那片雨园，想起老席匠。

那几个老核桃树

12月底，母亲说，抽个周末回老家把那几棵核桃树的皮划割一下，免得明年结的核桃壳硬。核桃树皮厚且韧性好，不定期划割，不仅影响树的生长速度，也影响核桃的品质和产量。我不假思索地回应，时间还早，过几周再去也来得及。然而不久，突发疫情，打乱所有的计划。

刚散社时，村里很少有果木。即使是乡村最为普通的柿子树也不是很多，一家一户仅能分两三棵，核桃树更少。整个村子仅有一户人家门前有一棵像样的核桃树，树干约碗口粗，树冠直径十米有余。每到深秋，雨后地上落下不少核桃，青皮已经褪去。从树下走过，很想捡起一个，但手还没伸出，脚步已经远远离去。当听到人家翻搅晾晒核桃的声响，让人多生羡慕。在那个年代，核桃不仅可以是招待客人难得的贵重坚果，更能榨油滋润一年的生活。由于稀少，显得很珍贵。

我记忆里家里最早的一棵核桃树在老房子的场塄边。那是当年爷爷在房子后院，土窑门口埋下的一颗核桃长出来的小树。土窑坍塌后，父亲把它移栽到场塄。到老房拆迁时，已经有近十个年头，但始终长得不好。或许是场塄的土质不好，抑或是周围的槐树杂木高大遮光，而始终没有长开，也很少结核桃。

1987年，土崖坍塌，我们搬离老宅，在东边的老菜地建新房。新房落成当年，母亲在房子西边场下的菜地种下了几颗核桃，第二年春天，核桃全长出小苗，家里人，尤其母亲特别开心。深秋，核桃苗已有一尺多高。冬天，母亲将树苗，还有老宅场边的那棵核桃树根周围挖开，埋进渥堆发酵的牛粪。开春核桃树像是突然开窍一样，快速生长。两三年时间，树干粗了，冠也展开。不到五年，新埋的核桃挂果，老宅的核桃树产量骤增，枝叶繁茂。每年，核桃成熟时节，回家打核桃成了家里最隆重的事情，妈妈常常要跟着一起回去，即使晕车，也乐意。

这些年，父母在城里生活，没有时间打理树。那些树的产量年年降低，而且核桃品质越来越差。逢不好的年景，核桃不仅小，而且更是难于剥壳、去隔。核桃树，树皮厚且韧。村里人习惯在冬季顺着树干方向划开树皮，这样树长得快，枝叶旺盛。

这些年经济情况好了，坚果种类多，油料也充裕。然而，母亲仍然惦挂核桃树，更是喜欢有更多的核桃树。几年前，县上发展经济林木，给村子里发放很多矮化的核桃树，我便申请栽种几十棵。矮化核桃栽上当年便挂果。母亲听后，非常开心，说以后不缺核桃吃了！当年采摘核桃时，她一同回去。她还是觉得老品种的核桃好吃，不仅油性大，而且味道更醇香。从此，她更记挂那几个老核桃树。

这几年总是忙，几乎没有时间打理。那些核桃树长势比以前差很远，更让母亲惦挂。我想她给我说这个事情时，一定是想了好久。而这件事情让日常的琐碎耽搁，更让一场疫情给搅黄了。疫情的缘故，我们都禁足在家，难得可以清静。想起母亲的嘱咐，便生无名的烦躁。

做饭

我在很小时便开始学习做饭。那时，农村食材单一，以面食为主，一年四季不同的饭也都是围绕面食做的，如，旗花面、糊汤面、臊子面等。做饭配料简单，食盐、极少的蔬菜和调和面。菜是自家地头种植的，或是田野里的野菜。食材简单，做饭也快，吃饭也快。庄稼人很少将时间花费在做饭和吃饭上。

我第一次正式地学做饭大概是在1989年夏忙时。在这之前，烧过几次苞谷糁子。烧苞谷糁子最简单，水烧开后倒入适量的苞谷糁子，加适量食用碱，烧煮搅动即可。那年夏忙天气不好，天隔三差五地变脸，村里人都拼着命抢收抢打。遇上好天气，父母常常天不亮下地割麦子，中午赶着太阳碾打脱粒。时常错过做饭时间，一天到晚吃一顿饭是常事。一天，过了晌午，麦场里的活还没有弄完，我已经饿得直想掉眼泪，便给母亲说自己想回家试着做饭。

夏忙时节，地里随处都可以摘到野菜。在回家的途中，我顺手揪一把仁汉菜。回到家，便着手做饭。我站在凳子上，扒着瓷瓮沿舀面粉，加水和面。第一次水加多了，只好再续面粉。面粉续多了，再加水……这样反复多次，总算面团勉强可以成形。擀面也是反复，眼看着快要成功了，又黏到在一起，只好揉了重来……折腾大半天，面终于擀成了，厚薄不一，豁豁拉拉，像极了不规则的地图。那便是我第一次正式的做饭。后来，慢慢地学会做煎饼、蒸面皮等。

结婚以后，做饭的事情基本都由妻子操持。除做些面食外，我几乎不会其他的。即使炒菜，也是沿用以前的方式，烧油，加菜，放食盐外，几乎不用其他佐料，做成的菜谈不上色香味，但很适合我的口味。最近，突然萌生学做菜的想法，便搜罗整理几个简单的做菜视频，照着视频上的步骤制作。

我选的第一道菜是红烧肉。买了适量的五花肉，先做简单的清洗，用餐巾吸干肉表面的水后，切成两寸见方的小块，将肉皮面贴在热锅底上，待肉皮起泡焦黄后取出用刀轻刮皮面，清理掉毛囊中脏污，再清洗，切块，下入冷水中煮，同时添加姜片、葱、料酒等佐料。开锅后，除去水面血沫，捞出冲洗控水。洗锅烘干后添油，待油热加入白糖，烧制糖色。糖色烧好，将处理好的肉块入锅翻炒，肉块均匀地包裹上糖色后，加入姜片、干椒、葱段、香叶、八角、桂皮等佐料，继续翻炒，后再加老抽、酱油继续翻炒均匀后，倒入啤酒和适量的开水，盖盖小火焖煮四五十分钟后，挑出葱姜等佐料，大火收汁。整个烹制过程下来大概需要两小时。第一次尝试这么复杂的烹饪，做得很成功。

现在，农村和城市在饮食上几乎没有太大差别，要说差别，应该是他们基本上依然保持着原来的生活方式和无以伦比的自然优势。早饭大概在早上九点，下午三点吃午饭，晚上一般不会特意做饭。菜地里蔬菜种类繁多，田野里还有很多城里人向往的野菜，随便在山坡、地头扒拉几下，便是一大把鲜嫩的青菜。他们还是一天两顿饭，我想这和村里人的劳作方式相符。他们的生活他们做主，可以自由地安排自己，完全遵照时令和天气支配自己的时间，可以按照自己的意愿选择生活。从农村到城市的时间不短了，我被动地接受城市的生活方式，使得每次回到村里总是倒换不过来。然而，羡慕之情实实在在。我常回农村，却总是匆匆忙忙，也许生活还不允许我像他们那样生活。

忆夏收

　　每逢麦收，我总想回村转转，看看麦浪，闻闻麦秸的气味，听听天籁，"算黄算割，算黄算割"……熟悉而亲切的鸟鸣总能勾起很多记忆。青黄、白黄的杏子在树叶间忽隐忽现，将我带到过去。

　　村里的田地依坡自然分片，随地形呈带状起伏。通向田间的小路有宽有窄，宽的有四五尺，窄的一尺多点。无论小径宽窄，坡势缓陡，都不影响村民的农作。农作运输主要靠独轮车，还有肩挑背扛。即使路况再难行走的地块，也被人们侍弄得寸草不生。

　　这里一年分两季，农闲和农忙。农忙分两季，夏忙和秋忙。农闲大致在秋播完到开春前和夏收后到秋收前，其余时间是农忙。农闲是相对于紧张的农忙而言。人勤快了，家里和地里总是有做不完的活，也就谈不上有农闲。一年中最忙碌莫过于夏收，要赶时间，看天气，用龙口夺食形容可谓入木三分。这里的麦收一般在六月中旬开始，阳坡的麦地开始陆续开镰。整个夏忙持续一个多月，直到麦子入仓，公、购粮交完结束。夏忙从五月底六月初的置办农具开始，置买、修补扫帚、镰刀、簸箕等等，最为重要一环的是"光场"。

村里每家门前都有一块空地，大小有桩基地面积的一至两倍。在村里人们习惯将它称作"场"。"场"不仅是人们日常的活动场地，更是重要的农业生产工具，像堆放饲养牲畜的麦草、生活用柴、日常晾晒和夏秋粮食碾打晾晒等等都离不开场。夏收前，每逢雨后，人们第一时间便要平整碾压场地。碾压场地要抓住时间，地面太湿浮不住碌碡，地面干了碾不平整。通常是待地面能浮住脚时撒上草木灰，用碌碡碾压结实平整。

如今，村子夏忙变化很大，简单而快捷，不再像以前热闹忙碌，那宏大忙碌的农忙场景已是过往。村子里的基本农田几经改造，梯田大貌依旧，但基本上都可以机械化耕作。房屋几经翻新，门前的场地种上了花草或者蔬菜。门前两米来宽的水泥路面连接着村子的前后，场里没有麦草墩和牲畜的影子。夏忙时，田野机器轰鸣，麦秸铺撒在地里，场院的水泥地面上铺满麦粒。住在公路附近的农户，将麦粒倾倒在公路上，几乎占据大半路面。他们习惯在麦粒周边放几块石头或者木椽作围挡，免得过往车辆碾压。有些路段整个路面上铺满麦粒，任凭过往的车辆从麦子上碾过。夏收，公路兼做麦场、晾晒和碾打。公路上碾打麦子还是方便，经过车辆碾压的麦草，麦秸柔软，脱粒干净。起开麦草，就地晾晒，既省时又快捷，不仅省去了翻场的劳烦，也省去了人工捶打的辛劳，唯一不足的是苦了过往车辆。乡村的夏收方式改变是近十年时间的事，相比发达点的农村，这些偏远的地区的麦收方式已滞后十余年。

想起以前的村子，以前的夏忙，多生几分眷恋。那时，村里有很多野杏，又叫山杏。山杏树高，大的有十几米，矮的也有三四米，杏叶浓密，果小醇香。五月中旬，杏子尚未成熟，但已经可以食用。上下学，孩子们常常三五成群地聚在杏树下，捡石头砸杏子吃，咬一口，酸味浓烈，满嘴都是山杏的酸香。麦收时，杏子相继成熟。忙碌间隙，捡起石块砸在树杈上，黄黄的杏子噼噼啪啪落到地面，捡起来，顺手抹一把表皮的浮灰，或者掰开，或者直接塞进嘴里。汁液的香甜在唇齿间流淌，夏忙的疲倦瞬间便可得以缓解，少许休息后再次抄起农具继续忙碌。

那时的夏收仪式感很强，磨镰的沙沙声、光场时碌碡的吱扭声、碾场吆场的吆喝声、晾晒翻搅时木锨的嗤嗤声、大人斥责孩子偷懒的嗔怪声……如激昂奔腾的交响演奏，让夏忙饱满而奔放，每一个环节无不充盈着希望和满足。村里人的生活简单而忙碌，无论仓廪实虚都固守着为人的礼节，无论寒与暖亦快乐并坚守荣辱的传统美德。

怀念那时的夏收！

奶奶

我的奶奶长眠在辋川斗沟，距今有七十多年。关于奶奶的好多事情，我都是听母亲说的。每当说起，她神情庄重，所述事情如同亲历一般。每次说完，她都要补充一句，这些都是听我的父亲和爷爷说的。每次说起，淳朴善良、慈祥和蔼的奶奶就跃然眼前。母亲自然也没有见过奶奶。奶奶过世不久，由于水灾，爷爷带着三个儿子到了蓝田北岭，这里距离奶奶长眠的地方有六七十里。

爷爷在 20 世纪 70 年代过世，葬在我现在的老家。我记事时，每年上坟祭扫烧纸，父亲总会在爷爷的坟头下划上两个半圈，一个是给爷爷的，一个是奶奶的。1982 年冬，姑姑家表姐出嫁，母亲带我去出门。站在姑姑家门口，我第一次眺望奶奶的长眠之地。三十年里，我常常随父亲上坟，看着爷爷坟头两堆跳动的火苗，眼前便浮现出奶奶的音容笑貌。直到前年清明，我们兄妹几家人去斗沟，第一次跪拜在奶奶的坟前。

几天前下过小雨，山里的空气湿润，山坡写满了春意。几十年了，奶奶的坟头只剩下一个小小的土包，铺满前年的落叶，几簇鲜嫩的蒿草格外显眼。坟头一棵老碗粗的榛子树已经抽出新芽，周围散落着泛着油亮的榛果。我跪在奶奶的坟头，捡起一颗，攥在手心，似乎感到奶奶的心跳。不知道这棵榛子树陪伴奶奶迎送过多少个春天。散落的榛子饱满而坚实，它应该是奶奶许下的一个个心愿。

看孙秉山先生的"送寒衣"，想起我的奶奶。一年一度的"十月一"就要到了，不知道那个世界的奶奶可好！

银川旧事

迄今为止，我去过两次银川。第一次是在 2003 年，那时我和一个朋友做饮品生意，给饭店供一种纸包的酸奶。应厂家邀约，到厂家考察。当时西安的饭店流行那种酸奶，顾客消费价大约是我们成本价的两到三倍。我们每开发一个饭店，几乎都要给店里提供一台冷藏柜，个别大点的店面还需要缴纳进店费用。结款方式基本上都是滚动结款，经营成本不小。虽然是小本生意，可是接触的人形形色色，经常打交道的有饭店老板、采购主管、店面经理和服务员等。

我们的日常业务，一是扫街开发客户，二是巡查已合作店面销货情况，及时补货、结算，在这饭店做服务员兑换。这些人中，有几个老板给我留下很深的印象。他们要货时张口要，闭口就要到，结账时不跑三五趟是见不到人的。有一个本地的老板最让人头疼，没有一次结款顺利。他不是找这样那样的借口，就是任凭你说破嘴就是不搭理。要得急了，他就说："就那点破钱，天天跟着要。没钱，不行，你把我车开走！"一个是位于建设西路的二层酒楼，老板是一位外省的中年男子。他的店生意不错，需货量很稳定。老板给人印象很好，每次见他都穿戴整齐，白衬衣，蓝西裤，言谈举止文质彬彬。然而，让我们没有想到的是，在这个店损失最大。最后一次送货当天一切正常，第二天去结款，走到门口我俩傻眼了，怎么也不敢相信昨天还宾客满座生意兴隆的酒店，不到二十四小时，人去店空，大门紧锁。时隔十年，当我再次站在这座城市，看着这似曾相识的城市，不由得想起那段生意中接触的那些人。

我这次来银川，是受单位委派参加在该市回乡文化园举办的城市照明论坛。我们早晨从西安出发，到河东国际机场已是临近中午。机场距市区不远，约三十里的路程，有出租车和机场大巴通往市区。走出航站楼，广场不大，前面就是荒地。几辆出租车随意停靠在路边，司机斜倚车门大声地吆喝："市区100，市区100。"

我们乘机场大巴半个小时后到银川市区。时值晚秋，天凉，街上行人稀疏，凌乱的铺面使得城市略显衰败。会务安排的酒店很不错，在那片格外醒目。签到，入住后，我们出去找地方吃饭。出了宾馆我们按照服务员的介绍线路向步行街走。大约十分钟后，步行街呈现在眼前，青砖铺设的宽阔地面，低矮参差的建筑。偶尔几个行人慢慢走过，间或碰到几个水果摊点。除干涩的葡萄和常见的几种水果，还有码放成堆的山竹，看色泽应该是摆放很久了。还有一堆堆一种称作"红姑娘"地方水果。

傍晚时分，在主办方招待晚餐结束后，我们乘坐大巴参观城市夜景亮化。先到一个综合广场，暮色中综合广场的灯光斑驳凌乱。继续行走，街道冷清，路灯灰暗。车行至政府新区，高大的建筑群在暮色中影影绰绰，零零散散的室内灯光格外醒目。

会议安排三天。第一天，先是主办方致辞，讲目前城市夜景现状和召开本次照明论坛的目的；其次是几个会长论述夜景亮化对城市发展的意义；最后是回乡文化园老板的欢迎词。第二天，与会的各位设计人员分享设计案例和亮化发展构想等。第三天主办方组织大家去沙坡头领略沙漠风光，对此我倒是蛮有兴趣。

第三天早餐后，我们乘车出发，一个小时后进入戈壁滩。这是我第一次走进戈壁滩地，裸露的地面干涩如老人手背，几坨灰涩的植物孤单地匍匐在地面。三个小时后，我们到沙坡头沙漠风景区。站在腾格里沙漠边缘，抬眼望去，沙丘的尽头与天一线，连绵起伏。众人欢呼雀跃，我也震撼不已。一辆辆沙地冲浪车在乘客的兴奋中冲上沙丘，随即一个漂亮的弧线俯冲带起一片欢呼。不远处，几名游客围着一只黑色的甲壳虫拨弄逗玩……一丝微风飘过，扬起薄薄纱幔，欢笑的游客匆忙转身抬手遮面，举手投足间尽显文雅之风。

不知道是否因秋季多雨原因，沙地有些湿润，偶然能见到一两株高一尺多、叶形针状的草。我说不出它的名字，但觉得很亲切。坐在草旁，一种莫名的负疚涌上心头。耳边不断回响起一位与会官员说的："城市亮化，是现代城市的标志，可以有效地提升一个城市的品位，也是城市文明程度的一种体现。"

看着眼前穿梭的车子和大声欢呼的游客，我想起我的乡村。沉寂、漆黑的夜晚，窗户里的灰暗的灯光和偶尔夜行的手电光，简单，安静。

水忆

　　蓝田分南塬、北岭、山区以及川道，水有灞河及山溪。缺水的地方集中在南塬和北岭，听说路过南塬的人想找人家讨口水喝，人宁愿给一个馒头，也不愿给一口水。北岭缺水，我深有体会，直到现在也经常出现断水情况。

　　岭南村在县城西北方，属于北岭，距县城四十多里，海拔九百三十多米。地表沟壑交错，几乎都是坡地。村子取水是在几个地势相对低洼的地方，分别是老槽、水泉地、余底三处。老槽水源主要供给竹园住户。水泉井供给竹园、大场住户，余家供给下面几户余姓人家。老槽的井水大概在 20 世纪 80 年代初干涸。水泉的井水最为充裕，直到 90 年代都承担全村的饮水供给。村子住户依地势分散居住在水泉周围。挑水是村子一天的开始，每当东方变亮，村子便响起水桶的声音。挑一担水至少需要十多分钟，住在竹园上面的住户挑水最为费力。一担水有五十多斤，一路上坡，两个来回下来，人已经气喘吁吁。

　　20 世纪 80 年代末，老水泉的水难以满足村子的用水需求，竹园人在老槽井旁边的坡底坑洼处发现水源，就地挖出一个草笼大小的泥坑，水浸出如白豆粗细，雨水旺季一天也能积四五担水。几户人家平日里穿梭在家和水潭之间，一瓢一瓢积攒，运气好时一次能舀满一担。逢天旱，跑一趟也就能舀上几瓢浑浊的泥水，沉淀后才能使用。那时，通往水潭的路上整天行人络绎不绝，多为妇女、儿童。

20世纪90年代初，岭上持续干旱少雨，再难见刚散社那几年的多雨天气，那口用来补充用水的坑潭彻底干涸，只有湿润的泥土还尚存着一点曾经的印记。然而，没过多长时间，几场暴雨过后，坡道上冲刷而下的淤泥抹平了岁月的痕迹。水再次成为村里人生活的最大困扰。邻居们开始去位于崖跟前的旮旯坡挑水。去旮旯坡挑水要翻过枣树梁，经过崖跟前，上坡下坡，一趟下来需要大约二十分钟。打完水，通常会摘一片树叶或者折一节树枝放在水面，以此缓解水面晃动而洒出。一年后，这眼水泉出水渐小，慢慢干涸。

滩地，沙质地貌，处于圪涝坡下方约百米，有一泉眼，清流潺潺常年不断，下方积水成塘，四周草木葱郁，虫鸟和鸣。水泉干涸之后，大场人家共同出工，从滩地开挖埋管引水而下，彻底解决了十几户人家的用水问题，也让竹园人有了取水之地。虽然辛劳，比起用水困扰，人们已经很满足了。

20世纪90年代末，因一同乡的努力，为村子争取到一笔饮水工程费用，在上塬的高坡修建蓄水池，在摊地水源置泵封盖引至水塔，通过地势差自然流到各户，从而彻底地解决困扰全村多年的用水问题。时隔不久，政府的甘露工程给村子再次带来福音。经过勘测，最终在沙坡道下一处田地确定位置，钻井取水。出水层分两部分，一是位于地下一百五十米，一是位于地下三百米，水塔建于老坡的四圪沟，与先前上源水塔相连，实现两地取水互通互补，据说该项工程耗资五十余万。第一次品尝村里的深井水，清凉甘洌，不亚于1986年村子通电时人们的欣喜若狂。水通到户，真的很方便了。后来管道、水塔漏水时有发生，不免让人骤生感慨！

岭区缺水由来已久，距村子十余里东北方的金山及其沿路村落，缺水更严重。早些年间，除金山早年打有机井外，其余村落生活用水获取非常艰难，要到远处的深沟担挑，一趟下来用时半个早上，耗时费力，那种艰难现在难以想象。为解决用水问题，几乎家家建有水窖，收集贮存雨水。与那些地方相比，我所住的村子情况好多了，仅是在20世纪80年代中后期缺水逐渐加重。散社前后，水源尚且丰沛，井水充盈，水渠常年溪流不断。渠边青草茵茵，野菜丰茂，特别是夏初时节渠边水芹菜很茂盛。夏时，夜幕初起，四野蛙鸣。人们在渠边围堰积水，拆洗衣被。每当忆起，心驰神往！

麦收

今天是芒种，几朵白云在湛蓝的天际飘动，一垄垄金黄色的麦田铺满田野。算黄算割来了，麦子熟了。我忽然想起儿时的岁月，麦收的场景在脑海浮现。

夏收，割、碾、晒、入仓，才算忙罢。麦收期间最怕下雨，但需要风。碾场后，起完麦草，麦粒和颖壳混在一起，扬场使麦粒和颖壳分开，扬场离不开风。

碾场，从早到晚需要一天。一般是早上赶在太阳升起前就将麦子摊晒开。摊场活计轻，一般由孩子和女人完成。先将堆积在一起的麦捆分散在场里。解开捆绑麦捆的麦秆，左臂环抱麦子，右手小臂弯曲，从麦子穗节下小半尺的地方向前用力推压，使得麦穗下半尺处麦秆向前折近似九十度，再用双手环抓折弯处，用力向地上插。聚拢在一起的麦子散开，几乎直立在场里。麦穗处于最上面，秸秆间也有空隙，这样便于麦穗和麦秆的晾晒。最后，将捆绑麦捆的麦秆用力扯开，扔在摊开的麦穗上面。摊好的麦场，太阳曝晒半天，在吃过晌午饭后开始套碌碡碾场。

轺场期间不能歇息，吆喝着牛一圈一圈往前赶，一碌碡压一碌碡。碾到一半，妇女孩子开始翻场，待翻到一半时，第一遍也就碾到头了，不歇息，直接从头继续碾。这样连着碾两遍，头场就碾完了。两遍到头，碾场结束。开始起场，扬场。一把木锨，一把扫帚。一个扬，一个落。第一锨落下，第二锨铲起。一堆麦粒和颖壳就这样一锨一锨地扬到半空，在风力作用下，麦糠和麦粒分离。麦粒落在一边，颖壳被吹落在麦堆前方。风若稳定，二三级，风向一致，一场麦子一个多小时就扬完了。大多数时间，风总是吹吹停停，时有时无，或者一阵南风一阵北风，只好扬扬停停直到深夜才能收拾完。扬场，风小了，扬起落下，麦和颖不分离。只好使劲往高扬，这样混着颖壳的麦粒在空中散得开，颖壳才能被吹走。风大了，扬得低，免得把麦粒吹到颖壳里。落场和扬场的人要配合默契，后一锨落下前，前一锨中的秕麦就得扫干净。

刚开始扬，麦粒还没有成堆，落场人站在麦粒落下一边，扎着马步，双手扶扫帚。每当麦粒落下，便挥动扫帚从左扫起，将落在上层的秕麦，还有麦穗小段以及碎秸秆扫到中间。随即轻抬扫帚，从麦堆上划过落到最右端，接着从右端扫起，到中间时，不抬扫帚连同中间的杂物一起扫到最左端。随着麦堆渐渐加厚，每当麦粒落下，扫动更勤。扫帚反扫"八"字，先从左边外沿起，再从右边外沿收起，再从右扫到左端，间或还要在麦堆上收拢一扫帚。随着麦堆逐渐增高，收扫的次数不断增加。扫帚落轻了，扫不干净；落重了会把麦粒扫进杂物里，后期还要用簸箕或者筛子清理。

播种晚一天半天倒也影响不大，可收麦时就不一样。忙起来，几乎不分白天黑夜，还要赶天气。家里劳力少的，常常是看着地里的庄稼着急上火。每到农忙，一天下来身体像散了架。可是第二天还得咬牙硬挺。在农村过日子，家里没几个好劳力不行，所以每家都想多要孩子，要男孩子。这不仅是遵循传统的人丁兴旺法则，更是生产生活需要。

为多要孩子，大伙可谓是绞尽脑汁、费尽周折。尽管考虑到农村生产需要，一胎是女儿的话，可以允许生二胎。可是生孩子不同于种庄稼，事与愿违的结果是常态。当二胎依然是女儿时，只好想着法子继续生，直到生个男娃，才算了却人生缺憾。为生个男孩子或者多要孩子，他们东躲西藏。到孩子出生了再回到家里，感觉以后的生活有了盼头！至于，该怎么处理似乎都不重要了。有人不愿意淘气，若二胎生下是女孩，便会选择送给他人。被送出的孩子长大成人后，有与生父母相认的，生父母感动之余，难免多生愧疚，更多的是和生身父母老死不相往来。那骨肉别离的滋味，也许是他们一辈子的痛。我曾问他们，骨肉相认多好的事情。即使无养育之恩，也有骨肉之情。当初，只是迫不得已而为，得到的回答是：当初自己不过是件弃物，现在相认又何必呢！无论是当初的骨肉别离，还是日后相认与否，都不好评判！再说对与错似乎没了意义。这只不过是特定的时期，一段不堪回首的往事。无论怎么说，总归是留下一段无法愈合的伤痛。

如今的麦收简单快捷，从种到收都是机械化作业，只要天公作美，一家的麦子两三天就能完成。整个村子也只有在麦收的几天里会多些烟火，即使过年，在外的人都回到村子，也没有以往的热闹！

磨面

以前乡下雨水多，特别是立秋后，常常是路面刚能浮起脚，便又下起雨来。那时农忙已过，正好趁着雨天歇息，可是最怕面瓮见底。

那时吃面须先淘洗麦子，晾晒后去磨坊磨面。淘洗晾晒，也得赶天气。几个村子才有一个磨坊，磨面要排队。若运气不好，赶上磨机坏了就需等几天才能磨面。

磨面前，一定要淘洗麦子的。麦子表面很脏，淘洗过麦子的水浑黄，有土腥味。用淘麦水浇树，树会枯死。夏收时，不少人的胳膊、手背、腿脚经常起疹子或者水泡，奇痒难耐，只能用热盐水或者艾水泡洗才能缓解。淘洗麦子，保证面粉的口感和质地。

淘洗麦子，判别干湿的办法简单。常是抓取几粒扔进嘴里，放到槽牙上，轻轻一咬，麦粒碎裂而声音不清脆，便是干湿恰到好处。过干或者过湿都是会影响面粉品质和存放。晾晒过干，上磨后麦皮容易破碎，面粉黑，口感差。麦粒湿度过大，胚乳与皮不易分离。磨面师傅通常会缩小磨轨间隙，加大研磨力，导致麦坯急剧升高，面粉质量下降。面粉含水量过高，容易结块、变质，不好存放。

那年秋季，阴雨连绵，下了半月仍不见有停的迹象，眼看着面瓮就要见底。母亲将麦子倒在芦席上，用湿毛巾一遍一遍地擦。忙活半天，清洗八十来斤麦子。吃过早饭，父亲冒雨背着麦子去磨面，去了几家磨坊，来回走四十多里路，回到家时已傍晚。

20世纪90年代末，周围的几家磨坊相继关门，仅剩下和村子一路之隔的临县的一处磨坊还在。那家磨坊的磨机经过几次更新，自动化程度很高，不再用人工全程上料，工作效率很高，百斤麦子不到一个小时就能磨完。后来，那磨坊配套清洗设备，磨面时只需要将麦提前送去，倒在磨坊的大铁皮框里，搅拌上适量的水后装袋放置五六个小时，水分适度入麦，他们称"入敷"。入敷后送进机器自动脱皮，研磨免去人工淘洗。前年，我去磨面，闲聊时和大伙说起采用现在的方式是否干净，意见不一。我还是固执地以为，如今的方式远远不能和淘洗相提并论。好多人家也都不磨面了，人们习惯在商店购买面粉。仅有少数几户留守的老年人，还能在夏收后留下三四石麦子。我曾和他们聊，自家磨麦子吃多好，原汁原味。他们说不合算：不说种麦的经济账，就说磨面也够麻烦的。而今买面多方便，需要多少就买多少，品相好，做成的面食还特别筋道，也不用考虑存放变质。我还记得和父亲在石磨子上碾苞谷糁子的场景，如果要真的到了无处磨面的时候，只要有粮食，我便可以收拾出一副石磨磨面。

竹园

我们村分三个组：一组上塬子，二组崖跟前，三组岭南。村里一些地名如旮旯坡，滩泥，大场，竹园等，有其显著的地貌特点。可是竹园例外，只有洋槐、泡桐、柏树、榆树等。

老人常说，鸽子、竹子、蜂不宜家养，它们嫌贫爱富，特别竹子绝对不能种。竹子败了，家就败了，以至于种养竹子一直以来被人忌讳。

第一次看到竹林是在上大学时，班级组织春游，去楼观台。那里种植很多竹子，有的青绿，有的金黄。它们粗的和胳膊相当，细的如手指；高的拔地而起，矮的姿态可人。第二次看到竹子是在湖南工作时，我第一次见到如乔木般的竹子，着实惊讶不已，粗如碗口，直冲云霄。它们一排排，一片片，甚为壮观！后来去广东、湖北等地，竹子随处可见。

前几年，城市绿化大量使用竹子，公园、街道、绿化带随处可见青竹、黄金竹。看着那些新植不久的竹子，不由得想起老辈人说的那些话不免担心。这些竹子是否能适应北方城市的气候环境？如果种不活，岂不尴尬？不过，那些竹子长得很不错。春天时，竹丛间冒出大大小小鲜绿的竹笋，让我常常驻足不愿离去。

古代文人，多喜竹子！我慕竹子长青、有节已久，看市区竹子长势很好，再次萌生种竹子的想法。当回到村子提说种竹之事，好心人劝我不种为好，便再次放弃。我常想，若真如老人所说，那么竹子便是有灵性之物。既然有灵性，岂能不种？

我记事时，还没有散社。竹园一排住着六户人家，每户人家房后的崖下都有一面不知年头的窑洞。大部分窑洞都存在不同程度的坍塌，也不再住人，只是放些生产工具或者杂物之类。

这个地方还有一个名字叫"王 jia"，我猜想应该是王家之意。据老辈人说，这个地方很早以前是属于一户王姓人家的，包括这里的田地。能叫竹园，以前应该是有竹子的，而且数量不会很少。如果说老辈人说的没错，那么这个地方的地名，应该是竹园，而王家不过是人们的习惯叫法。这里没有了竹子，也许是因为自然环境或者人为的原因。

几十年过去了，村子变化很大。由于地质灾害和人口迁移，竹园的人家基本都搬移到了其他地方，有去大场的，有的搬到外县。我家也搬到了村子另一处。居住分散，村里少有人走动，出奇的安静。前年，我终于在房子旁边种下一片竹子。这次回家，正好是出笋时节，那片竹子长势很好，进出很多竹笋。看着饱满翠绿的笋芽，恍惚中似乎看见了大竹园。

秋色

　　时令已是冬天，觉得还在深秋。西安的四季就是这样，不分明。今天是立冬第四天，一片朦胧，薄雾下的城市没有往日的拥挤，多了些许的平和，像是乡村的深秋。这时乡村红叶落尽，静寂舒缓，紧张忙碌大半年的人们该歇息了。除养羊的人家早晚要赶着羊儿去坡上啃食枯草外，只要是能耐得住清闲的就不用下地了。吃罢饭，在场里转转，蹲靠在房台或者场塄发呆，或者几个人在一起说闲话。间或几声鸡鸣犬吠划破空旷的田野，格外清亮悠长。

　　我透过车窗看到一张张陌生而又熟悉的面孔，或焦虑，或漠然。在这个城市，我看到它的葱郁，似乎在昨天，又似乎很遥远。沿三环驱车而行，马路两旁的樱花、五角枫，已经凋零，枝杈间随意坠挂着尚未飘落的黄叶。樱花、五角枫的枝条脉络清晰，给这个冬日的早晨平添几分朴实和厚重。国槐依然茂盛，愈发庄重。

　　我回到家时，太阳已经偏过楼顶，闲坐阳台放眼窗外，院子里绿化树木还真不少，只是平日冷落它的繁华，有女贞、桂花、枫树、国槐、楸树……还记得春天时，窗外的两棵楸树枝头繁花锦簇，夕阳的余晖铺满枝头，让我惊叹楸树的花竟然如此惊艳。此时，楸树叶已经落尽，灰黑粗大的枝条伸展在群楼之间，如画如骨，让人顿生敬畏。枫树叶已干黄蜷曲，露出自然伸展的枝条。国槐上稀疏的叶子有些干涩，淡淡的浅绿似乎让人还能想起它盛春的风貌。只有女贞和桂花，肥厚墨绿的叶子更是特别。甬道上，孩童嬉戏引得鸟在枝头跳跃，邻里出出进进，似曾相识。

忆荞麦

荞麦在我们村很少种植，早年间，仅在一些贫瘠的田块有少量种植。刚散社时，我家种过。至今，收荞麦的场景我还记忆犹新。

我们种荞麦的那块地位于张家坪上面的坡地，是末等地。土层很薄，最深处不过一木犁，底下是砂石。这种地种麦子玉米都不行，经常是收的包不住种子的本钱。那年父亲在那块地种了一料荞麦，长势不错，花开繁密，籽粒饱满。

张家坪是岭南最平坦的一块地，听老辈人说那块地方早年间住着大户张姓人家。在张家坪耕作时，常常能翻起一些瓦砾和砖窑的旧物。那些灰青色的瓦砾记录张家曾经的殷实。

村里有一户张姓人家。他住在村子西头，一座泥瓦庵间房，比起邻居的三间瓦房矮大半截。五十多厘米的方形窗户中间插着几根木棍，钉着一片化肥袋子遮风挡雨。房子里一面火炕，连着一口灶台，一块案板，一口泥瓦面罐，一台收音机，再就是铁锹和耙子。除此之外，几乎再也没有其他像样的家当，也没有多余的地方。他常年穿一身黄衣服，戴黄帽子。平日里除了翻他的几亩粮田、做饭，便是噙着烟袋"吧嗒吧嗒"地吸。他很少和村子人聚集闲聊，因而在村子里他最不多事。他一个人生活，一天三顿饭从不耽误。几亩地也经不起他侍弄，是村里活得最轻松的人家。听说他是张家坪那家大户的后人。

每当提到荞麦，我便能记起父亲带着我收荞麦的情景。那天逢集，吃过早饭，大多数人都去赶集，村里空荡荡。路上几乎看不见人，四野空寂。到了地里，偌大的田间只有我和父亲两人。父亲割荞麦，我在地里玩耍，时不时帮父亲将割倒的荞麦抱到铺有塑料布的空地边。每次丢撒在路上的比放在塑料布旁的多。割一阵后，父亲停下镰刀，将割倒的荞麦一趟趟搬到塑料布旁脱粒。他抓起一把的荞麦在镰刀把上摔打，荞麦粒掉落在塑料布上，再抓一把接着摔打。一会时间，塑料布上便铺下一厚层饱满的籽粒。我帮不上忙，便站在旁边笼起小手，罩住嘴巴对着前面的大峁梁，"啊哦吼吼……"使劲地喊着和回音玩。荞麦地周边是各家的麦地，都收拾得很平整、干净。一块块白茬地几乎看不到几株杂草，只等着到白露前后种麦子。时间过得真快，不知不觉间四十多年过去了。当我再次说起收割荞麦，父亲亦清晰记得。

用荞麦面做的荞面饸饹在我们那地方一直都很受欢迎，根据个人口味，可以凉调、炒或冒。这些年，每逢节日回家，总会带一些荞麦饸饹送朋友。小时候逢集时，街上的小吃摊很红火，有油糕、泡馍、饸饹等。那时能坐在集市的摊位前吃盘饸饹一直是我的奢望。一晃几十年过去了，我一直未曾如愿。后来离开家乡，也就忘记了它的诱惑。几年前，路过县城，才结实地吃顿饸饹，但找不到曾经的记忆。

我不侍弄田地也好多年了。荞麦是我儿时的记忆。如雪的小花绽放在那块贫瘠的土地上，装扮深秋的原野。那熟悉的田野年复一年地枯荣变换，那里的来来往往深深地烙印在我的记忆里。

简单活着

日出而作，日落而息。一日三餐粗茶淡饭。放下碗筷，装上旱烟，下地干活，有的是满足和平和。这是我常常记起令人羡慕的农村生活。

20世纪80年代，农村人会因一犁的地畔、鸡啄食麦苗，而生怨恨，甚至厮打；会因为没钱买油盐、看病而焦虑不安。然而，事情过去了，他们会一如既往，没人会思考活着的意义。90年代，村里人开始叹息，自家的日子不如谁家的好。然而仅是叹息，只是想法子超过别人。有人外出务工，有人没日没夜地在土地上劳作。当土地的收入远远不及外出务工的酬劳时，村里人渐渐少了，房子却逐年翻新。那些无论忙在田地的还是奔波在城市的人，都依然满意地活着。当生活不像以前那样简单后，他们怀着对未来的憧憬奔波在城乡间，突然间不知所措，会想人活着到底为什么？似乎迷失方向，迷失自己。他们不知道为什么活着，应该怎么活着。

如果为了活着以外的东西，就不那么简单了。对于渴望简单的人来说，适应社会也许是处于其中而无法回避的艰难。为获得需要的东西，放弃简单，期许被认可接受。然而，收获的是欣慰或失落，抑或是愈发质疑活着的意义。如果说胡适的《一个问题》中的子平同学是一个简单的人，他会满足自己有妻儿一堂。尽管生活艰难，他接受或者想办法去解决物质上的贫乏，而不会不断地问活着的意义。

秀林之木，不能说是凤毛麟角，但的确少。活着的人，无法改变活着的事实。活着就是活着，也许就是其本身。那些为活着而活着的人，或许真懂得活着的意义。简单活着，不违公序良俗，按照自己的想法努力活着，也许是活着的真谛。

父亲节

一

我有一个十四岁的孩子，但在父亲面前我仍被他当作孩子。每次站在父亲面前，他总是说："吃了没？饿不？叫你妈给弄些吃的。"便边说边拨电话，电话通了，开口就是："快，利军回来了！"一会儿母亲回来了，她气喘吁吁地换鞋，说天天回来，又不是客。

回家了，我总想帮妈妈做些事情，或清洁窗户、灶台，或扫地。可是，父亲总阻止，让我躺着休息。看我在干活，他就责备我整天爱捏揣，静不下来。他总想让我多歇会。可是遇到天气不好，或者我有空闲，他总催着我去接妻子下班。我说，坐两站车就回来了，不用接，再说来回烧油也不划算。他严肃地说我妻子工作一天了，到下班也累得人都不想动，而我开车不就是一脚油的事情。孩子离放学还有半个小时，他就催我赶紧接孩子。从他们住处到学校走路也就是走十分钟的路。我若是说还早，他就说万一老师有事下课早了。他是一名教师，从教四十多年，从未提前下课一分钟。如今到了我孩子身上，他就想着万一放学早了。我孩子从幼儿园到小学毕业九年时间里，无论天晴下雨，他和母亲总是提前一个多小时出门，去距离家仅有百米之遥的学校等孩子。我和妻子每次劝说不用去的那么早，他总是说宁愿早点去等孩子，也不能让孩子下课了找不见大人。

他节俭，但不吝啬。他常给我们讲，节俭是当花的钱一分不能省，不该花的哪怕是花一厘钱都是浪费！可是对于我的孩子，他没有一点原则。孩子花再多钱，无论是干什么花的，他总是说应该的。我说娃不像话，挑食。他说是母亲的不是，天天给娃吃一样的饭，搁谁也都不想吃了。可是他一年四季都是同样的饮食，也从不说吃腻了。孩子要买衣服，花成百上千，他都笑着说好看。要是提到给他们买衣服，他便把五年前的衣服给我看，说母亲的衣柜都放不下了。这件还没上身，那件还跟新的一样。衣服不是贵的就好，还自豪地说他二十块钱买的皮鞋有多舒服。

适逢周末，妻子包了虾肉饺子，让给父亲带上。母亲虽说不是有意忌口，但闻不得荤味，更不要说吃。在我记事起她就不吃肉食。午饭简单了，母亲只需做她一个人的饭了。她说不着急，待会熬一碗稠苞谷糁子，就她腌制的芥菜。父亲在客厅坐了一会，说那他先去躺一会再起来吃饭。我实在没事情做，也就进了卧室，躺在父亲身边和他说最近摇号上学，说房价，说老家的事情……离孩子下课还有四十多分钟。父亲说话就心不在焉了，不停地看手表。过一两分钟，他便坐起来看看窗外，我知道他是催我去接孩子。其实从家到孩子上课的地方，开车两分钟就到。我笑着摇摇头一咕噜爬起来，说要去接孩子。父亲满意地点头说，开慢些。

临近中午，太阳很大。熄火后的车里像大棚，一会我就满头大汗。打着车，收音机里传出筷子兄弟的《父亲》，随着他的歌声我脑海里不断地浮现着父亲的过往，多么奢望时间能停止，岁月能够倒流。

二

2002 年，我要结婚了，在西安。一个外来户，没有太多的亲朋。我与妻子商议，一切从简，通知了几个要好的朋友，一起吃个饭便是。对于我们的想法，双方父母没有任何意见。我们把结婚日子就定了，在国庆节。

九月初，父亲坐一天一夜火车回到西安。由于婚事从简，也没有过多的事情要提前准备。几个要好的朋友提前两天过来帮着贴喜字，布置房子。家兄来回跑着置办零碎东西，父亲闲不住，不是这里擦擦，就是那里抹抹。

结婚当天早上，我陪着妻子收拾完头发刚进家门，看见父亲焦急地在书房里翻找。我笑着问爸爸找什么，那么着急？父亲迟缓地回过身，说给妻子的红包找不见了。他记得红包放在书房。声音低沉而焦急，几乎带着哭腔，额头上渗着汗水。我和妻子劝爸爸不要找了，我们没有那么多规矩。而他不理会我们，执拗地转过身继续翻找，手臂抖动，不断地念叨："我刚就放在这了……"

转眼间，十四年过去了，我的孩子马上就要小学毕业了。父亲已是满头白发，走路更慢了。2012 年，肆仟叁佰捌拾天，他围着我的孩子转。无论天晴下雨，在喧嚣的接送孩子的人流中，他慢慢地走，不曾迟到过一次。回到家里，孩子玩耍时，他坐在旁边絮絮叨叨地说："自然数，整数……"我笑着说："爸，你说那有啥用，你没看她心就不在那？""我知道，灌灌耳音就记住了。"当孩子写作业时，他还是坐在客厅，眼睛不离书房。孩子刚合上课本，他就颤巍巍地跑到孩子跟前，一只手扶着桌子说："爷爷又想到了一个问题……你看，这章节的学习的重点是要掌握这几个知识点……你要能把问题延伸开来……"

"爷爷，爷爷，我累了！"

"好，好，好，爷爷回头再给你说。"父亲笑着回过身，习惯性地拍拍手，走到客厅，嘴里嘟囔，"就是的，娃回来就没停，写到现在了！""爷爷，爷爷，那你还给我说这说那！"女儿跑过去，依偎在爷爷旁边。

有了女儿之后，我几乎没有对的时候。孩子贪玩了，父亲说我不知道管孩子；我把她抓得紧了，他又说我没有个定型，管教孩子过于随性，全凭自己兴致。我和妻子背过父亲无奈地说，在孩子面前我们就没有对的时候。女儿可以玩起来没个样子，拿皮筋给他扎羊角辫，揉着他的白发说"老王同志"。他不生气，反而笑得眼角挂上泪珠。女儿跑到卧室拉着我和妻子去看她给爷爷做的新发型。我强忍着笑责怪孩子太没礼貌。然而，我一句话还没说完，他就替女儿辩解："娃耍呢，那有啥？"我和妻子只好面面相觑，不知道该如何是好。想想我们小时候，哪敢在他面前说个"不"字。到了孙子跟前，他变了，变得让我不敢相信。

三

父亲走路摔倒了，骨折住院。我看着医院床头墙上的各种插孔和按钮，心里五味杂陈。父亲躺在床上强忍疼痛，我手足无措，只能无助地扶着病床的围栏，时不时擦擦他的额头浸出的汗水。"爸，没事的，咱这算好的。伤的位置低，手术完就好了。"他孩子般点点头，嘴角挂着笑。我不敢直视父亲疼痛下的笑容，低头轻轻地抚摸着父亲的手。四十年了，第一次认真看这双将我抚育成人的双手。我不敢想，这双骨络清晰的手，抚育我们这些儿女。这双粗糙的手为我们遮风挡雨，一步一步走到今天。这双手遮挡着孙儿上学途中的风雨。九年了，风雨中，他脚步蹒跚的背影是孙儿的依靠。而今，躺在病床上，他还倔强地抬起手指着旁边的柜子上的水果，让已经十多岁的女儿吃。父亲，什么时候才能放下？

看着强忍疼痛的父亲，我眼前浮现出三十年前和父亲去窑院子磨面的情景。那是一个暑期的下午，刚刚下过雨，空气闷热。父亲带着我和姐姐，推着粮食到了离家四五里外的窑院子磨面。路程不是太远，可是要翻过几道梁。那天运气还算不错，去了没有排多少人。临近晌午饭时，我们磨完面往回走。经过一个苹果园，父亲放下车辕，抹了一把额头的汗说："吃苹果不？"我和姐姐忙不迭地点头。父亲去园子买了两个苹果，我和姐姐一人一个，他抽烟，我和姐姐狼吞虎咽地吃苹果。

　　术前检查完了，却赶上了"五一"放假，手术只能等收假后做了。他几次念叨运气不好，赶上放假了。五月五日，我们把他送进手术室。门"砰"的一声关上了。家属等待区人声喧杂，拐角处一个醒目的牌子写着"家属谈话室"。我低着头，不敢看那个蓝色的牌子。每一次广播声响起，我们就紧张地站起来，再慢慢地坐下。十二点了，还没有父亲的消息。我们趴在手术室门的玻璃上，踮起脚搜寻。"大夫，WYQ怎么还没出来？"刚好一台手术车出门，我冲过去问医生。医生说："正在手术复苏区。"

　　我的心再次提到嗓子眼，父亲已是七十六岁的老人了。五分钟，十分钟，手术门再次打开。我见父亲的手术车出了苏醒室，紧走两步问："大夫，我可以看看我爸吗？"

　　"你是他儿子？"大夫问。

　　"是，是，是。"

　　"现在接送病人的医生还没到，我要忙去了，你进来帮我看护一会。"医生说。

　　父亲还没有完全苏醒。意识依然模糊，记不起自己是什么时间来的。我拉着父亲的手，他脸色蜡黄，依然处于昏睡状态，喉咙一阵阵地蠕动。突然，父亲使劲地鼓动着嘴，极力忍耐着不让自己吐在床上。医生说想吐就吐，让吐在头旁边那块纱布垫子上。他才张开口，绿色的胆液瞬间涌出，雪白的纱布一片深绿。

医生交代术后两个小时不能让病人睡着，我们几个围在父亲旁边不断地给他说话。他刚说不睡觉，眼睛却合在一起。两个小时漫长得像是两年。晚上，麻药差不多代谢完了，父亲渐渐恢复意识。父亲已经二十四个小时没有进食了，不知道是麻药的反应还是肚子空，他不断地打嗝。医生让给父亲吃点东西，快速下咽，看看是否能止住打嗝。吃完饼干，喝了口水，他突然像是想起了什么，问我："咱是啥时回的病房？"他的意识还没有完全恢复。三十九年了，第一次站在旁边，静静地听着他的叙说；三十九年，第一次给父亲喂饭，看他一口一口吃；三十九年，第一次给父亲搽脸；我想象三十九年前，父亲抱着我的样子……

今天是父亲节，是我和我父亲的节日。

夏夜

夏至前持续多天的高温让人很不适,昨天清晨下雨了。可是这场雨下了一天,仅仅湿了地面。浓雾在城市弥漫,天更闷热。

晚饭后,我和妻子散步纳凉。没走几步,汗就浸湿 T 恤。这湿热的天,让我不由得想起老家。在那个偏僻的乡村,风是不会吝啬的。夏忙天,午后的太阳再辣,树荫下依然是凉风习习。夜晚清凉,不盖被子都睡不好,何况这时节?如果在老家,现在应该是端着一个小板凳坐在场头,悠闲欣赏月下的清凉山村。夏夜寂静,在习习凉风中总是夹杂着不知名昆虫的悦耳叫声。

忽然,妻子说起安徽省阜南县委书记讲政府举债两亿建造最好乡村学校。上学,接受好的教育,在农村是一个年轻人改变生命轨迹唯一的捷径,也是唯一体面的途径。在农村如果不读书,便早早地跟随父母开始干农活。到了结婚年龄,父母便四处托人给找寻合适的女孩子,再拿出一笔不菲彩礼钱。待到适龄时结婚生子,继续着父辈的足迹。女方挑拣男方,一挑人,二看房子。

三十年前，我家的三间瓦房，还有刚刚搭建好的可以养两头牛的圈舍由于滑坡被推倒。父母十几年心血随着推倒的墙体声化作烟尘。父亲说不行就搭个简易房能遮风避雨就好，先保证孩子上学。父母夜以继日地忙碌着盖房子，常常是饿着肚子。如今，想起他们当时的身影，我心里依然隐隐作痛。没有钱，他们自己动手挖土、推土。大半年后房子建好了。房后大坡郁郁葱葱，两侧沟梁雄浑。旭日跃过坡梁，暖暖的阳光洒满屋顶和墙面。二十多年过去了，我们的土坯房子在风雨中裂缝了，有些地方坍塌了，木架岿然屹立。冬去春来，每一个旭日升起的时候，它依然沐浴着早晨的阳光，沧桑中尽显岁月的沉淀。当我们在那个晴好的早晨推倒它的时候，一缕缕金色的阳光穿过葱郁的枝叶洒在那片空地。

　　如今，我们都生活在老家以外的地方，过着简单的生活。当年我们没有因为困难而放弃上学，都完成学业。他们没有因为盖房而举债，而为了我们的上学东拼西凑。在这灯火辉煌的城市，我常常想那个乡村的老家。在这座城市，我生活将近二十年，但我依然深爱着家乡那片土地。尽管已是物是人非，但草和树依然还是原来的模样，千百年来形成的沟壑依然悠闲在四时更迭中。

　　昨天还在怀里牙牙学语的孩子已是亭亭玉立的姑娘了。她哭闹着不见爸爸不吃饭的情景似乎就在昨天。而今，她整天埋头在书本中。

　　街上的人渐渐少了，林立而拥挤的城市依然湿热。绚丽多彩的高楼外墙在夜幕下璀璨夺目。那个远离城市的老家，应该早已沉浸在夜幕的宁静中安然沉睡了。

风中有朵雨做的云

细雨似丝，薄雾如纱，天有些冷。关上车窗，我突然想起刚刚泛绿的草木会被冻坏。枝叶依然生机盎然，更显葱郁。车上播放："风中有朵雨做的云／一朵雨做的云／云的心里全都是雨／滴滴全都是你……"柔美凄婉的旋律在耳畔回荡，时光瞬间仿佛回到了那个遥远的下午。

那是1993年9月一个周六的下午，天雾蒙蒙的。县城及周边的同学相继回家，偌大的校园冷冷清清，校园广播播放的也是这首歌曲。当时，从村子到县城读书是我的唯一出路。不知何故，直到高中毕业我对村子都有着一种莫名的恐惧和厌恶。似乎短暂安静的村子随时都会因为一个小事而喧闹不堪，哪怕是鸡啄食青苗、牛羊跑进了田间等，甚至吵得不可开交。我参加工作已经二十余年，遇见的人形形色色。在熙熙攘攘的往来中，觉得事情就那样，何必锱铢必争？

我常问自己，如果一切可以重来，我会怎样选择？每次的答案是相同的，选择做先生，或者是不和人发生经济关系的职业。先生这个词，应该是我最早听到的让人敬慕的职业。懵懂时，我就常听村里人说先生一词。那时，特指两类人，一是看病的，二是教书的，这两类人受人尊敬。

　　如今，先生一词似乎成为燕窝鲍翅，而其他称谓随处可闻，且非常受用。我特意查阅先生一词的来历，最早出现在《论语》中，"有酒食，先生馔"。《孟子》中有"先生何为以出此言也"，《曲礼》中有"从于先生，不越礼而与人言"。先生一词原是如此，先生少见也就不怪了。

外婆外爷

外爷和外婆过世时，我都不在家。外婆过世时，我在湖南。2002 年 8 月的一个下午，突然听到外婆走了。电话未完，我已经泪流满面。外婆是一个地道的农家妇女，有着典型的陕南女性的清秀，说话柔声细语。缠裹过的小脚很少停歇，总能看见她在场头忙来忙去。

母亲常说外婆是老好人。他们姊妹小时候无论谁犯错，外婆都要受牵连。外婆总会被外爷责怪，说是外婆把孩子惯坏了。外婆只是偷偷抹眼泪，没有辩白。她没有当过家，与那个年代的大多数女性一样，默默地接受和承受生活中的一切。她不主家，也不参与家庭事务。

在我四五岁时，第一次代表家人去出门，去的是外爷外婆家。那天天气不好，雾蒙蒙的。吃过早饭，母亲装了点心，让我去送节。住在同一个村子，很近，从我家到外爷家三两分钟就到。我刚走到他们家门口，外婆看见我，匆忙迈着小碎步跑到门口，一把将我揽进怀里，问这问那。那种亲昵现在想起都很温暖。外婆从陕南到这里好多年了，但口音依旧。她说什么，我一句也没有听懂，只是傻傻地点头说"嗯"。我和外婆说完话后旁边的人脸色变得很难看，外婆揽我的手顿时有些僵滞，神情尴尬。按习俗，去拜节，主家会做些和平时不一样的饭食招待，而那天下午他们没有像招待亲戚样待我。临走时，他们还让我把东西带走。我一脸懵懂，傻傻地不知所措，依然沉浸在出门拜节的喜悦中。

几天后，我和母亲翻晒豆秆，她突然问我，她什么时候不让我去舅舅家了。我看着母亲愠怒的表情，我被母亲突如其来的问话惊呆了，怯怯地说："没有。""那你咋给说我不让你去的？"这件事情过去四十年了，我还是能记起。

外婆生育了五个女儿，抱养一个儿子，也就是我的舅舅，原本是母亲的堂弟。外婆的四个女儿出嫁，三女儿招了上门女婿。舅舅结婚后，他们便分家了。外爷外婆和女儿女婿一起生活。

20世纪90年代，我在县城上学，偶尔回家，看到外爷、外婆、三姨和我家时常往来，还是很亲近的。后来，我去更远的地方上学，每次回到家里能看到外爷、外婆脚步蹒跚地走上我家场塄。每次，母亲总是忙前忙后地给他们做些好吃的。他们走后，母亲常会念叨他们在世时，她要多尽孝心。待他们过世了，她也就没有遗憾了。

那次拜节后没几年，他们分家了。我就再也没去给外爷外婆拜过节。直到听说外婆过世，我倏然泪下。2003年夏，父母亲从外地回到西安与我同住。临近冬天，听说外爷病危。由于严重的晕车和身体不好，母亲几次说回家看爷爷都未成行。而我一直把母亲身体不好归罪于他们。那时，我在为此事焦虑。正好，小姨夫到西安打工，我就和妻子找到他，很郑重地告诉他：如果外爷去世，任何人不得给我母亲报丧。如果母亲知道外爷过世，谁报丧，便是与我为敌。时隔不久，我听说外爷过世了。直到一年之后我才告诉母亲外爷过世的事情。

转眼间，快二十年了。每年逢祭，我总会记起。记起儿时的岁月，记起那一幕幕想忘记的场景，记起他们的音容笑貌，记起那个让我难以描述的五味杂陈的村子。曾经嘈杂的乡村渐渐冷清，只是在记忆中还有它依稀模糊的往昔。

《白鹿原》中的女人

仙草、田小娥，冷先生的女儿和白嘉轩的女儿白玲，应是《白鹿原》中几个主要女性角色。在《白鹿原》中，作者无一例外地以死结束了在书中的人物角色，而在仙草和田小娥身上用的笔墨最多。

仙草是山里中药铺吴掌柜的五女儿。白嘉轩在第六任妻子去世后，完成换地、迁坟等，便背上褡裢进山去见中药铺吴掌柜，托吴掌柜在山里头帮忙给他引媳妇。吴掌柜把五女儿仙草嫁给稼轩。

仙草和白嘉轩不陌生，可以说熟识得像兄妹。她是白嘉轩在洞房夜之前唯一见过面的女人。圆房当夜，仙草的裤带上绑着六个桃木棒槌，防前六任女人的魂魄索命。原想待百日后和男人圆房，以避免夭亡的厄运。当男人白嘉轩要去牛圈和鹿三同住时，她爬起来一把撕掉裤带，将六个棒槌扔到一边，做了男人的妻子。第二天，她从婆婆白赵氏手中接过了白家的风箱。仙草洞房夜的举动和后来在白家所表现的处事风格似乎差异很大。仙草每相隔一年半到两年，为男人生一个孩子，养成的有三男一女。女儿白灵是她最想要的孩子，而在她人生弥留之际未能见到女儿，这是她生命中遗憾。至死，她也没有想到是丈夫白嘉轩安排鹿三不要找女儿。

白吴氏到了白家，生娃，做饭缝衣服，相夫教子不涉是非。她一生中求过男人两次，一次是儿子孝文娶亲后，沉迷男女之事，男人让她劝说儿媳时，她羞于启口，而央告男人请婆婆去说。这是她一生中唯一一次没有按照男人的要求做事。第二次是临死前想见见大儿子孝文和女儿白灵。

《白鹿原》中的那场瘟疫，她没有幸免。生命弥留之际，天天换着花样给男人做饭，赶着时间给男人缝衣做鞋。在她弥留之际，常常看到小娥站在她面前，让她看自己胸口上的血窟窿。她死了，死在瘟疫的恐慌中。她最后闭眼前也没有见到她的儿女，白嘉轩草草埋葬她。

"啊！大——"是女人田小娥死前最后的一句话，亦是留在人世间最后的声息，是说给她的公公鹿三的，一个给白嘉轩拉长工的关中汉子。当儿子黑娃带着这个长相俊美的女子踏进白鹿原后，鹿三揣着一个庄稼汉子最大的幸福走进族长白嘉轩的家里，请求允许儿子儿媳进祠堂拜祖。族长的一句去问问介绍黑娃出门拉长工的人，打碎了汉子的梦。从那时起，这个让庄稼人无法洗刷去的耻辱埋在他的心里。那声没有叫完的"大"是这个女人一生中第二次喊叫他，也是最后一次。当公公鹿三把祖传的枪头扎进儿媳小娥身体，那声"大"永远卡在喉咙。

田小娥，郭举人的二姨太、田秀才的女儿。嫁给举人做姨太后，做饭几乎是她作为女人生活的全部。她每天晚上要在大太太的监视下将枣放进身体。大太太离开后，她在把大枣取出来扔进尿盆，每当她看着男人吃下自己尿液浸泡的大枣时，似乎心中有些许快意。她是举人家一个别样的女长工，有一个二姨太的名头，忍受着生活给她的一切，直到长工黑娃走进她的视野。她喜欢他，关心他。她期盼着夜幕下黑娃的身影，她的生活因为等待有了阳光，有了盼头。那种快乐的日子为时不久，一封休书，她回了家。

一个让父亲田秀才蒙羞被视作扫帚星的女人，几乎绝望的时候，她朝思暮想的男人黑娃来了。在同是长工的工友提说下，田秀才爽快而解脱般应承了这门婚事，急切地打发了自己生养的女儿，把她像甩包袱一样扔出了家。随后，秀才精神好了，身体恢复了。

这个女人相跟着心爱的男人，名正言顺地离开了早已不属于她的家。她是快乐的，幸福地走进了白鹿原上男人的家。然而命运再次和她开了一个玩笑，直到公公把祖传的枪头从她后背插进心窝，也没有能走进祠堂。随着她的阴魂一起散去的是村上给她的诅咒和族人的庆幸。族人翻起窑顶的土，淹没了她在村子外白鹿原上唯一的属于的自己的东西，一孔曾经废弃的破窑，淹没了族人对她最恶毒的咒骂。

走进村外头的破窑，她幸福、满足。他们动手收拾着几乎坍塌的破窑，当炊烟再次升起的时候，这孔破落的窑洞再次升腾起生机。他们享受家的幸福、快乐！黑娃扛着石夯游走在需要胡基的人家，带回一块块带着自己汗味的铜钱，他们幸福地生活在那面破窑里。

黑娃在"农协"时，她有了作为白鹿村的女人的尊严，踏进祠堂，把曾经的羞辱扔得一干二净。黑娃逃走了，她再次把自己圈在那孔烂窑里，恐慌、孤独地守着那孔属于她和自己男人的窑洞，等着男人归来。在那里，她没有亲人和土地，没有生活来源。当其他"农协"人员回到村子时，她硬着头皮走进乡公所，忍受着"大"鹿子霖厌蔑视的眼神，祈求他们放过自己的男人。她只顾祈求，没有看到"大"鹿子霖的猥琐。她在那个"大"钻进自己的被窝前，应该不会想到"大"会如此。她也许会以为，依了"大"能换回男人自由出入他们的窑洞。得到"大"的应承后，她回到那孔破败的窑洞。夜晚的敲门声，在那个地处野外的窑洞充满恐惧。听是"大"鹿子霖，她穿好衣服，拉开单扇木门，局促地站在他脚下，慌忙打火点灯。喷着酒气的"大"制止她，说免得被人看见说闲话，她老实地放下火石，等着"大"带给她期盼的消息。"大"却让睡在被窝说，她犹豫、沉默、接受。一切都结束了，希望也随之破灭——黑娃不能回来。

"大"成了窑洞的男人，出入那个远离村子孤单的窑洞，隔三差五的几个铜板延续着她的生活。她接受了。在这个孤单的地方，她接受了那样的活命方式，似乎还有些期盼。直到"白狗子"的怪叫声，搅乱鹿子霖的好事。她听从了"大"的安排，将狗蛋子绑起来惩治，自己也被绑进祠堂，接受族规的惩罚。一个不被族人接纳的女人，承受族规的惩罚。她坦然地接受着"大"的安排，安享有"大"的生活。

"大"报复族长白嘉轩。她按照"大"的谋划走出窑洞，拉着孝文钻进砖瓦窑。做"大"的棋子，满足"大"的兽欲，断送了她自己卑微的生命。当白孝文被绑进祠堂，她没有感到报复后的痛快。她觉得孝文是个好人，她不该附和糟践孝文，担心孝文。当她尿在那个一直叫作"大"的鹿子霖脸上，跟在屁股后，咒骂气急败坏的鹿子霖时，结束了她和"大"的日子，作为"大"的亲蛋蛋的日子结束了。她正式和被赶出家门的白孝文私混在一起。她给他擀面，给她女人的怀抱，给她认为好的东西，包括大烟膏，直到最后叫的那声"啊！大——"

她死了，腐烂的气味弥散在白鹿原上。烂窑被村子人埋了。她被骂作淫荡的女人在白鹿原没了，陪葬她的是那孔被覆埋的烂窑。白鹿原上没有了属于她任何的东西。她来时的男人黑娃依然不知道在哪里。

仙草死后，小娥的阴魂附上了杀死她的公公鹿三，报复白嘉轩。白嘉轩请神婆驱鬼。田小娥的鬼魂不散，不停地纠缠白嘉轩。小娥附体的鹿三跑进村子，说瘟疫是她招来报复白鹿村的。过去诅咒田小娥的村民，相继带着香裱跪拜在田小娥的窑门前，祈求鬼魂原谅。那个曾经让他们厌恶、恶心的窑洞门前的香烟缭绕，哀求声声。他们许愿给他们曾经唾弃鞭打的女人建庙塑像。他们跪在族长白嘉轩面前，恳请族长应允小娥的要求，抬棺扶灵。白嘉轩呵斥那些跪求的族人，说他白嘉轩不会给一个婊子烂货建庙，谁爱建庙就去建庙。他要建塔，要烧了田小娥的骨头，压在塔下，让她永世不得重生。

白嘉轩在祠堂宣布完决定后，那些原准备给小娥建庙塑身，整日焚裱烧香的村民，再次聚在一起，自发地拿出自家的柴草，堆砌在昨天还香火缭绕的窑门前，挖出小娥已经泛绿的骨头架在熊熊的大火上。塔很快建好了，小娥的骨灰压在塔底，鹿三和村里其他曾经整治过小娥的人再没有被附体了。鹿三也没了小娥附体前的勤快，整个人像老了一大截，突然间痴呆了。那场瘟疫在入冬后彻底过去了。

瘟疫结束了仙草的生命，瘟疫让白鹿原矗起了一座压住田小娥阴魂的塔，让她卑贱的生命在白鹿原上彻底消逝。一场瘟疫，解脱了鹿子霖，似乎洗去了他在小娥身上所有的罪恶，在黑娃心中他清白了。瘟疫再次树立了白嘉轩在白鹿两姓中的地位。

仙草死了，一个传统女人的一生默默地结束了，穷尽了一个女人恪守的妇道。她完成父亲报答恩人的使命，尽到一个女人相夫教子的义务。临死也没有见到女儿和大儿子，也没有怀疑男人为了曾经的誓言而欺骗自己。田小娥被化作灰烬压在塔底永世不得再生。她生得卑微屈从，死后的抗争亦是徒劳。她的死不仅成就了白嘉轩，也解脱了鹿子霖的罪行。

田小娥作为那个社会最卑贱的人，被人们咒骂、唾弃。没有人接纳她，就连那些给财东家扛活的长工也看不起她。在生活面前，他成了男人的玩物，茶余饭后的笑话。起始，她接受秀才父亲的安排做举人的姨太，像一个工具一样卑微地活着。黑娃，一个后生，爱她，稀罕她，把她当作亲蛋蛋，她愿意跟着他住破窑，受艰难。随着男人逃命，生活再次把她扔在十字路口，让她在那里如同一棵无根的野草一样地活命。她失去一切，最后还是没能活下来。短暂而屈辱的一生连同腐烂的躯体淹没在黄土之下，结束了被世人唾弃的生活。她抗争过，然而失败了。小说中，她以恶鬼的身份控诉这一切的不公正，但又能怎样？这就是一个处在社会底层的弱女子的悲惨命运，虽然我们现在可以把她的不幸都归结到那个该诅咒的时代，但谁能保证她的命运不再重演？这仅是那个时代的错吗？哪个时代不会如此倾轧那样一个弱女子？像她那样的人该怎么生活才算对的？难道今天反思其悲剧是庸人自扰吗？

《白鹿原》上的两个女人，两个不同的女人走完了短暂的一生。在生活面前，她们卑微的如同黄土地上的一棵小草。她们的生与死不过是熙熙攘攘社会中的一个小片段。历史的重复不知道会不会惊人的雷同？生活的悲剧会不会又在白鹿原上重演？然而，时间总能洗刷掉岁月上的灰尘，阳光下一切都是昭然的。

面试

　　八月，我离开武汉那家公司已经有两个多月，还是没有找到合适的工作。一天，我在报纸上看到一家做 IT 的公司招聘，公司地址离家不远，待遇还凑合。吃过午饭，我便精心准备应聘的事情。

　　下午，天阴沉闷热，街上没有一丝风。按照报纸刊登的地址，我准时走到招聘单位的楼层，敲门进去。老板身材不高，短发，八字胡须，操南方普通话。我进去时，他正和一个年轻女人说话，似乎正在争吵。我为自己突然造访感到窘迫。正在犹豫是否先出去等会，他回身示意我坐下。我只好正襟危坐，接受面试。

　　男子站在房子中间，随意得有些松散的身体似乎不小心就会瘫倒似的，而脸上的傲慢未减丝毫。他问我，当我正在着迷地看一部电视剧时，如果突然有一件急需办理的事情时，我是会拖延，还是会立刻关掉电视。我毫不迟疑地回答说关掉电视去办事。当我说完，他轻轻摇头说我不合适。

　　我道谢后离开那间办公室，一边下楼，一边思索，直到走进闷热嘈杂的街道，还是百思不得其解。人像泄了气的皮球，没有一丝气力，我颓废地坐在道牙石上，失神地看着来来往往的行人。良久，我拨通了妻子的电话，不无愧疚地说我没有应聘上。妻子说，她以为出了什么事情，听我的声音把她吓了一跳。不合适就不合适，有什么大不了的事情，回家吃饭比什么都重要。我像个受了委屈的孩子得到大人的宽慰，有些释然。那年我二十五岁，她二十一岁。两个年轻人，在这个还不属于我们的城市行走。

我和妻子走过了十七年的风风雨雨，有了一处属于我们的房子。在这个行色匆匆的城市，再次忆起那年那事，我依然不明白那个老板的选人标准。也许，这就是老板和常人的区别吧：无所谓错对！也许是他们的角色赋予了他们可以天马行空的自由。作为一个接受考核的人，也只有按照他们的方式行事。

看着窗外冷寂一冬的枝条再次萌发，早春的花朵挂满枝头。我不知道在那个刚刚过去的冬天里，它们是怎么样忍受刺骨的寒风的。它们干枯得略显荒寂的样子像是蜷缩枝头期盼天亮的小鸟，在萧瑟的冬日里随风摇摆。不知道它们冬日里的样子是傲视还是乞怜。现在冬天都已经过去，也就不再重要。今天，在这个和煦温暖的春日里，它们再次焕发活力。

在这个这明媚的春日里，我再次记起这些年遇到过的那些人，那些事，那些让我无奈的情景。那时那刻的我压抑愤怒，还有难以掩饰的蔑视，但终究没有勇气辩驳。是她，一个小我不少的女人时常安抚我狂躁不羁的情绪，劝慰我坦然接受不一样的人和事。四十多个春秋，转眼即逝。感谢上苍的恩赐，让我遇见她。

搭车

看着窗外两天不曾停歇的秋雨在灯光中泠泠作响，想起昔日的搭车往事。

2000 年前，村子到县城没有通车。村里人去县城需要步行，四十多里蜿蜒起伏在峁梁上的小路便是通往县城的官道。迄今，四十来年，在那条路上我走过一次半，一次是在三岁多，随大人去远在南山的亲戚家出门。那时走的少，架在大人身上的行程多，应该算作半次。一次是我上高中时，和同学周末骑车子回家。那是秋后的周末，天气不好，薄雾迷蒙，清早从县城出发，我们一路上骑一会，推一会。走到一半下起雾雨，衣服湿了，头上冒着热气。下午四五点到家，放下行囊，腿已经不听使唤。

我第一次乘车去县城是初中毕业时，毕业考试在县城进行。乡下到县城还没有通班车。公路约有三四米宽，路面铺石子。考试前一天，我们从学校出发，乘坐学校租的东风卡车。司机打开车厢后挡板，同学们互相搀扶着上车，站在车厢四周，双手紧紧抓住车厢四周的挡板，随车摇晃。大部分同学是第一次乘汽车，很激动，也有些恐惧。路的两侧是大片的树林和坡地，葱葱郁郁。收割后的麦茬地远远望去一片金黄。风从脸颊、耳畔飞驰而过，很快大伙便忘记恐惧，兴奋地随着车子晃动着身子，伸臂欢呼。那是我第一次走出村子去遥远的县城。

后来，那条石子路铺了砂石，通了班车、蹦蹦车。去县城再也不用受天气影响，只要步行到乡街道就能坐车进城。那辆标识着县运输公司的字样，破旧得就要散架的"大轿"车是通往县城最豪华的出行工具。它很霸气地来往于乡街道与县北门之间，在它行驶途中，任何一辆"蹦蹦车"都不能和他争抢客人。在它停留的地方，乘客没有选择其他交通工具的权利。即使乘客敢于选择，那些"蹦蹦车"也不敢承运。然而，没过多长时间，那辆大轿子停运。"蹦蹦车"开始活跃在那条路上。"蹦蹦车"小，车厢两侧坐够六七个人就可以发车的，可随时上下。开"蹦蹦车"的是乡村里活泛的年轻人。高中后两年，每次回家我都是乘坐"蹦蹦车"，与司机都很熟。每当走向车站，他们就热情招呼。

那段时间，人们都在乐此不疲地议论着现在想起来似乎很滑稽的事情，说一天早晨，某人在县城跑步晨练，被一辆开往市区的班车在县城兜圈拾客时强行架上车。那人多次声明自己早晨八点还要开常委会后，招来一顿恐吓和嘲笑，甚至还有一个沾满泥土的大脚印，他被拉到位于市区东郊的汽车站外。县城去市区的班车强行拉客、抢客已不新鲜。我亲眼见过几次，但对于这个被传说的有鼻子有眼的事情还是倍感兴趣，更乐于听大伙绘声绘色的讲述。不过，那次传说后不久，去往市区的班车风气好了很多。

上大学了，一年也回不了几次老家。回家时，先坐火车到省城，再坐班车到县城。几年里，客运秩序好像规整不少。在回家的北门口，那几辆"蹦蹦车"依然停靠在路边，驾车人在路边吸着烟，闲聊南来北往的趣事。等车时，偶尔遇到几位打扮得既不像城里人也不像农村人的年轻人，他们昂着头，操着四不像的口音询问蹦蹦车司机几点发车。更让人忍俊不禁的是，那些车主学着他们的口音回答完，还忘不了转身小声嘀咕："羞先人了！"

媒鞋

　　我和妻子的婚事是亚勋夫妇牵线撮合的。亚勋夫妇租住在大雁塔村的民居，我和妻子办完结婚证，搬到亚勋房子对面的那间不足十平方米的房子。两人除各自的一床被褥外，没有别的物件。房内，有一张一米二宽的单人床，一张旧桌子。一条三米宽的街道贯穿整个村子，街道的两侧门面房无一空置，摊点一个挨着一个，有卖菜的，卖小吃的，有卖日杂百货的，生活非常方便。偶尔，我们相约煮一锅面条，都端着搪瓷碗吃。饭菜简单，但都很满足。周末闲暇，我和妻子在雁塔周边散步。夏天，下班回到房子，像走进蒸笼。隔壁四邻，争相带着凉席在楼顶占地方。我和妻子去过一次，待不到半小时便回到房子。前半夜，房子热得实在让人无法入睡，后半夜才昏昏睡去，常被热醒。夏天多降暴雨，每次窗户灌水。回到房子第一件事便是和妻子清扫室内积水，并开心晚上可以睡个安稳觉。为拍婚纱照，我们走遍东大街的婚纱影楼，有蒙娜丽莎、新新娘等，最后我们选定新新娘。拍婚纱照的当天早晨，突降暴雨，雨下不到半个小时，积水淹没了村子的街道，几乎漫过民居门口的台阶。雨停了，浑黄的雨水漫过路基不停地从大慈恩寺两侧向村子街道汇集，大车驶过，水流涌动。我背妻子出村，她一只手提着我的一只鞋子。二十年间，我们多次聊到幸福，我都会想起两对夫妇：一对是我1999年在雁塔路见到的一对老人。那年，几乎每天早晨都能见到那对拾荒的老人。即使下雨天，男人拉着一辆破旧的架子车，女人蜷缩在车厢里。他们从雁塔立交沿着雁塔路向北行走，步履非常缓慢。一对是前几年，在一次农村过事中见到的夫妇。他们是五十来岁的村里人，衣着干净。男人礼拜，女人远远地站在旁边注视，那眼神充满欣赏。她不止一次说她家男人的礼拜动作最规范标准，那种欣赏毫不掩饰。他们言谈举止很自然，即使我用非常挑剔的眼光审视他们，也找不出一丝半点的做作。我和妻子二十年风雨同舟，相濡以沫；二十年中的每一个今天都是我们最美的记忆。前天，妻子与我聊说结婚二十年了，我们应该有个纪念，应该给亚勋夫妇买双媒鞋。

我和妻子

2001 年底，一个朋友在蓝田订婚。我从三原赶去参加他的订婚仪式。我与妻子正好同席。她是朋友未婚妻的同学，在这些人中最安静。席间大家礼节性地相互打招呼，那是我们第一次相遇。2002 年，我被调回市区。朋友说介绍我俩处朋友，我只当玩笑满口应承。

四月一日中午，朋友打电话约我晚上六点在小寨商场集合。按照约定，我到了地方，没有看到朋友，只看到妻子站在那里，像是在等人。原来她和我一样，接到朋友未婚妻的电话。

我在调回西安报道的当天，在小寨附近的吉祥村租一间民房，暂时安顿下来。吉祥村很拥挤，出出进进的人操着不同的口音，一天到晚熙熙攘攘非常喧闹。一个月后，听同事说北郊一个小区有房子出租。周末，我便乘车去那里看房。转了一圈觉得交通不方便，乘车往回走。途径北门外适逢堵车，突然一个女孩的背影映入眼帘。几秒钟的犹豫之后，我肯定那就是她。我探出头喊她的名字。她似乎听到有人叫她，回过身。我们四目相对，惊讶地相互招手。我们一起进了北门，沿着北大街、南大街，出了南门，走过南稍门，路过熙熙攘攘的体育场一直走到小寨。两个多小时就那样一晃而过，那一刻我们惊讶怎么这么能走，竟然不知不觉走了这么远的路。

"五一"时，公司组织去九寨沟旅游。不知道是因为工作人员疏忽，还是天意所为，旅行社漏掉我的信息，自然不能成行。"五一"，大雨滂沱，我一个人躺在房子听雨发呆。突然电话铃响了，是朋友的电话，问我："干啥呢？"我说："没事睡觉。"他提议一起去妻子老家逛。随即动身出行，我们一行四人从三府湾汽车站，乘坐东去的省际班车，临近傍晚到了妻子家。我们突然出现，岳父母很惊讶，热情招呼进屋。闲谈之余，岳母说她这次回来的正好，有人给她介绍对象，这次回来正好见面。说了几次，妻子不去见面，岳母也没有勉强。我们在那里逛了两天，返回西安。

回到西安第二天，岳母给妻子打电话，问她是不是和我恋爱。妻子没有回答，问母亲觉得如何？岳母说她那次就看明白了，所以没再勉强她去见面。一周后，妻子打电话说岳母当天要来西安。我们一起聊了很久很多，岳母要求我们以后要相互理解、相互支持；说两人在一起有矛盾很正常，但不能打架等。我和妻子频频点头应允，我们正式确定恋爱关系。

六月中旬，我们开始张罗结婚的事情。我们在妻子家所在的城市办理了结婚证。回西安前一天，岳父跑到市区车站买票。启程当天，岳母早早起来做饭。我们吃饭，她跑到街上买了当地的特色烧饼，还有卤蛋。上车时，大包小包塞得满满当当。岳父朋友开车送我们。一路上岳父很少说话，岳母不断地叮嘱，说：妻子小，不懂事。哪里有不对的地方，让我就说，打几下也没事。话音刚落，又说她小，哪里做的不好，不要打骂，让我给她说，她来收拾。不到二十分钟的车程说话间就到了，车子停靠在广场入口，岳母突然不再说话。我和妻子下车，拿行李。正准备说我们走了，还没开口，岳母已经泪如雨下，哽咽着摆手示意我们进站。岳父转身坐进车里。那一刻，我亦泪眼朦胧了。时隔十六年，再次记起那次车站送别，泪眼朦胧。

求学

月上枝头，秋虫喁喁。灯光渐渐熄灭，村子寂静。我在场头漫无目的踱步。明天，我就要去县城读高中。

两年前的七月，中考成绩公布后，我看完成绩，忐忑不安地回到家。母亲从我的脸上看到了结果，她没有责问，没有埋怨。她像平时一样给我做饭，做的是我最爱吃的蒜蘸面。天气热，灶膛的火苗烘烤着她的脸颊，额头沁满汗水。我看出她在掩饰自己的失落。我低着头吃完饭，不敢看母亲一眼。为我上学，她节衣缩食。有多少个日子，她五点起床，陪我走夜路上学。无论雨天，还是雪天，她来回步行二十余里。

吃完饭，我跟着父母到桃树坡翻地。夕阳余晖把天边染得通红通红。我再也忍不住了，怯怯地说我不补习了，我不是念书的料。瞬间，空气似乎凝结。良久，父母抬起头说我不念书干什么，和他们一样？要为自己的以后着想。父母的声音低沉、坚定。

父亲是教师，在我们村子的小学任教。我还不到上学年龄，便像学生一样每天跟着父亲去学校。父亲上课，我在学校的院子玩，听着教室里的读书声。上体育课时，我趴在操场旁边的土塄上跟着他们喊一、二、三、四。经常有老师逗我，拉着我背《三字经》。

我六岁时，母亲给我收拾好书包。秋季开学，我跟随着父亲走进教室。爸爸把我交给老师后，去不远处的高年级上课。开学不久，一节语文课堂上，老师说谁今天背不过书，就不准回家吃饭。我害怕了，站起来报告老师，要上厕所，出了教室，撒腿跑到爸爸上课的校区，给父亲说我不上了。父亲没有责备，也没有勉强，也许是觉得我年纪还小。小学一年级，我念了不到一个月时间。二年级是在父亲上课的那个校区。我再次跟着父亲去学校继续念书。我们家离学校有三里多，天不亮就要出发。上完早操，天刚好大亮。中午放学，我再和父亲一起回家吃饭。吃完饭，与其他孩子结伴去学校。很多时候，我都是跟着父亲走，一边走，一边听评书。

清早，母亲已经做好饭。父亲在炕台上捆绑被褥。吃过饭，母亲反复叮嘱出门注意事项。驻马岭上刚刚泛起亮光，母亲就催促赶路。我们一起走上乡道，周围一片漆黑。母亲站在场头，送我们。我和父亲一个小时后走到金山街道。路口早已停有覆盖着塑料篷布的三轮车，车上还没有人。街头店面的门板陆续打开，店老板揉揉惺忪的双眼，开始慢条斯理地清扫着店面。等了半小时，三轮车凑齐八个人，司机拿出摇把，扶着车把，咬着牙，摇车子。颠簸一小时后，我们到县北门街。三轮师傅打开车厢后挡门，众人依次跳出车厢。我们走过北门十字，沿着农贸街向学校走去。

宿舍的门是敞开的，一间房子里有四张架子床。父亲给我选了最里面一张床的下铺，帮我铺完被褥，放好行李，摇摇床子，说"稳当着呢"。安顿好我，父亲急匆匆地往北门口走，搭车回家。现在正值秋收时候，地里的豆子已经熟了。送走我们后，母亲下地拔豆子，父亲要急着赶回去收豆子。

　　我们一起走出校门，父亲不让送了。父亲患严重关节炎，今天，从早上到现在几乎没有停歇，回去还要走十多里的路。

打核桃

　　母亲几次与我商量想自己回趟老家，我清楚她想回去收核桃。核桃成熟时，老家正值多雨时。雨天刮风，核桃脱落，糟蹋很大。我最近事多，打核桃一拖再拖，周末终于如愿。

　　我家的核桃树大小有四五十棵，最早也是最大的核桃树是老宅场头的那棵，树龄比我大。我记事时它就有手腕粗细，周围是高大的刺槐，一直长势不好。尽管母亲总是念叨，每年还是很少挂果。这几年周围的树相继枯败，没了遮挡，它长势迅猛，枝繁叶茂，每年挂果繁密。现在，树干有小脸盆粗，分支也有小碗口粗，树高有十四五米。我拿杆子、袋子站在树下，看着葡萄串般的核桃无从下手。站在地面使劲挥动四米多长的棍子，也只能打下树冠下端的核桃。今年打得晚，果皮已经开裂，掉到地面后核皮已经分离。

　　小时候我经常在这棵树上玩，练习爬树。村里，除我家的孩子外，其他孩子都会爬树，且人人都是能手。无论枝条布满硬刺的洋槐，还是树身光滑的白杨，他们都能轻松快速地爬上爬下。我总想学爬树，可是母亲总怕我们摔伤，严禁爬树。虽然背过母亲我偷学爬树，但一直没有学会。

前些年，打核桃都是堂兄帮忙，也不觉得打核桃有多么辛苦。他爬树很厉害，脚手同步向上换位，十几米高的大树，眨眼间就到了树干分枝处。今年，我第一次爬树打核桃，站到树下，无处着手。试了几次也没能登上离地面仅有不到两米的枝杈，最后搬来邻居家废弃的碌碡架子，斜靠在树干上，才吃力地爬上树杈。站在树枝上，仰头看着枝头的核桃，我的一只手臂始终紧紧环绕着枝干不敢放开。这次打核桃，我将这棵核桃树修剪了，将树杈以上高耸的枝干锯掉，仅留近地面的一些枝干。

搬到新居后，母亲在西侧的场边种了三颗核桃，第二年出土发芽。每到冬天，母亲会在树根周围一尺开外挖坑，埋进牛粪。六七年时间，树高过楼顶，核桃核大皮薄。母亲感叹有核桃吃了。2015年翻新房屋，重整场面，树干被埋进堆土下两米多深，当年核桃树便开始有枯败迹象。新居周围是田地，父母亲在场边和东边地头相继种下好几颗核桃，到今天也都长成大树。

前些年政府发展经济林，我们在承包田栽矮化核桃树。这些年核桃树相继挂果。尽管疏于打理，但每年都会挂果。以前，每到核桃有瓤，大伙会三五结伴去山坡上采摘野生的青皮核桃，破开拨瓤吃，为此还专门用豌豆粗细的铁丝折弯砸扁磨成核桃刀。当时也拨不了几颗核桃，却将手指染得黑黑的，但那种乐趣还留在记忆里。

现在每家都有不少核桃树，不再稀罕，特别这几年，村里的核桃没有商贩收购，不少人家新核桃下来，家里的老核桃还没有吃完。今年七月份村里通知，要求退林还耕。砍伐一亩，不论是白皮松还是其他经济林木，都可以获得五百元的补偿款。看到通知我也和大家一样犹豫要不要上报砍伐。当初种植核桃树时满怀希望，想着核桃能给家庭增加一笔不菲的经济收入，现在那个热火朝天的种植场景还记忆犹新。核桃树刚刚长成，到了盛果期，就这样砍了，都于心不忍。已有人家和当年一样上报了，开始砍伐。

"砍就砍吧！这样的事情也不是第一次了！"邻居大哥下地回来，看我打核桃，便过来闲聊说。我清楚他说的是1988年的苹果树。那时麦苗刚开始起身拔节，乡上动员村民积极发展果木经济，要求村民积极响应栽种苹果树。几天后，成捆的树苗便运到村里，后来还给每户办理了果园证书。证书上明确指出确保果农的各项权益，包括果园土地的长期使用和不可侵占。那个时节没有空地，大伙就在麦苗地里挖坑栽种。三四年后，在期盼中苹果树相继开花挂果。村里人第一次种植苹果树，更不要说了解苹果市场动向。挂果当年便滞销，才知道秦冠品种早已过时，口味和当时受众人青睐的富士和嘎啦根本没法比。没有果商收购，而且家家都有，零售更是没有市场。没几年时间，大伙自己动手砍伐果树。以前村里有老核桃树，数量少，不仅可以当作日常待客的干果，还可以榨油，因而大伙很稀罕。尽管有着不久前的经历，在统计数量时，村里人还是在犹豫中栽种核桃树。

他说自己快七十岁了。孩子都在外面忙，家里就剩下他两口侍弄，实在干不动了。老核桃树，虽然果子油性大、口味好，可是身体一年不如一年，爬不动树，爬上去也抡不动杆子。"世事就是这样子……"老哥回家吃饭，我继续打，待回到家天色已黑，身上似乎没有一处不疼。长不干活，还真不行，比起那些长我二十岁的人还差得很远！

遇见

2019 年冬，我到兰州出差。以前听说兰州盛产百合，在早市上看见百合，想回西安时带点。临走前一天中午，我在街道寻找土产店，过西津西路天桥，看到桥下有两个农民卖鲜百合。他们看上去有五十岁，在地上铺着蛇皮袋子，散堆着带有泥巴的鲜百合。问价，说十元一斤。我正想买，两人倏地蹲下提起蛇皮袋撒腿就跑。顺着他们转身看的方向，有两个管理人员走来。卖货的跑得很快，那两个管理人员没有追赶。看着他们跑远，我为他们高兴。二十年前三月末的一个下午，比起他们，我更狼狈不堪。

那年，我从外地回到西安，负责一个区县市场的销售工作。日常主要工作是产品宣传和货物销售。货物是由各市场负责人根据目标任务计划，从市办事处自行运输到负责区域。西安的办事处在劳动路十字附近。我每次雇面的将货物运到火车站西广场路边，再搭乘去县城的大巴车。去县城的客车从站里出来一般都会在车站附近来回绕圈，直到坐满乘客才能驶上正路。好多人习惯在班车必经的那个路段等车，我也一样。

下午开完周会，我领了二十箱货，雇面包车从办事处运到火车站西广场去往县城的路边，卸下货码放在路边的道牙上，还没来得及缓口气，就有两个人走过来。他们迈着八字步，一脸痞气，不由得让人把他们和那些烟民联系起来。他们似乎就在不远处等着我一样。他们伸手搬动最上层的箱子，像是随意，又像是例行检查。我诧异地看着眼前的两个人。他们搬弄几下，痞里痞气地问我是要到哪里去。我还没回答，他们又说借个火。我的心顿时揪在一起，明白遇到麻烦了。我给他们点完烟，装作若无其事的样子自己也点着一支烟。那两个人吐着烟圈说，他们就在那片混，在那地方有事找他们，没有他们摆不平的事。在那两个人说话的档口，几个管理人员突然出现，身后还跟着一辆人力三轮车。蹬车的男子大概三十来岁，看样子不像是城里人，有些邋遢。管理人员指着我的货物，严肃批评我的行为恶劣，造成的后果极其严重，在这个城市的窗口地方堆放物品破坏文明城市形象。他们根据管理条例要对我的货物进行暂扣并处以罚金。管理人员批评完我转身骑上三轮摩托回办公室。我瞬间蒙了。在这放东西等车也不是第一次，况且我也不是唯一的，怎么今天就犯了这么严重的错误。

　　我还愣怔，没有缓过神来，那两个人吐了一口浓烟说最近手头紧张，让我借给他们一点钱。不知道是蒙了还是恐慌到了极点，我想都没想掏出上衣口袋里的钱，将整钱给了他们，留了几十块零钱。那两个人走了，三轮车停下，伸出手让我也给他点零钱花。我惊呆了，怎么看他都应该和我有着一样的过去，竟会在这个场景下问我要钱！我没说一句话，掏出十块钱给了他。他一脸的埋怨和不屑！我没再搭理，他嘟嘟囔囔地装完货物，没好气地让我跟着他。我跟着三轮车走进位于东广场对面城墙根的办公室，交了两百块罚款和相应的运输费用。三轮车掉头把我的货物再次堆放在刚拉走的地方。

二十年转瞬即逝，好多记忆已经模糊。在那两个卖百合的人逃走的瞬间，往事突然浮现，勾起我太多的回忆。我五味杂陈，站在这个城市天桥上。

三月随想

　　三月，煦暖的阳光洒在大地上，街道两侧的冬青、柳条泛着新绿，几树樱桃争相绽放。大街小巷满是春的气息。

　　太阳西落，我走出地铁口裹挟在人流中，茫然地走向停在不远处的车，困顿骤然袭来。打开车门，我颓废地斜靠在座位上。衣不沾灰、手不结茧而衣食无忧的生活，这不是我曾经梦寐以求的生活吗？现在却觉得很无趣，常常忆起那些在土地上劳作的日子。

　　那时，上学之余帮家人做农活：割草、放牛、打粪。年龄稍长时，我便犁地种地。田间劳作很愉快，我边听收音机边干活，无拘无束。歇下来，抹一把额头的汗，眺望远处高高低低的峁梁，呼吸饱含泥土芬芳的空气，看看犁铧走过的麦茬地，规则排列的湿润泥土长条泛着让人欣慰的亮光。那种惬意是这么多年再也无法体味到的。

　　挽起衣袖，挥动镢头敲打累积成堆的粪土。敲碎一小堆，用锨铲起来倒到身后的碎土堆上。看着渐渐堆砌增高的粪土碎块，满心的喜悦溢满脸颊，充实而快乐。入冬后，麦苗蜷缩在地面，蓄势待发。这时，正是施农家粪最好的档口。推起独轮木车，或者拉起架子车，把积攒成堆的牛粪运送到地里，均匀撒在麦地。简单而粗糙的农活，汗水滋润的田地，生活的希望就在每一个收获的季节里。

在那空旷的田野里，我是我，我感受自然的真实，脚踩厚实的黄土地，头顶湛蓝的天空，无须思谋。土地、麦苗、蓝天，一切是那么真切，那么自然。

过了正月十五，麦地泛起翠绿。匍匐的麦苗开始起身。冬天施入的粪土在麦田间若隐若现。女人、男人，还有无忧无虑的孩子，或蹲或坐在板凳上不紧不慢锄拔杂草。累了，女人站起来拢一拢发髻，舒展一下腰身；男人抽上一支烟，看看远处的沟梁，与相邻地头的村人说几句无关痛痒的闲话。而今，牛已经没了，也不用起圈土、打粪了。独轮车、架子车几近绝迹。少了人的足迹，田野冷清寂静。

如今，在城市，行人步履匆匆，身心疲惫，哪来清闲？我好想打粪、拉车、犁地。

采挖草药

村子的山坡、路旁、水渠边长的草几乎都是草药，常见的有黄芩、柴胡、远志、防风、蒲公英、车前草、地丁草、败酱草、大蓟草等几十种，还有许多我不知道名字的。村里人经常挖的草药，只有黄芩、柴胡、远志等七八种。

散社后，村里人除忙责任田外，得空便在田野里挖药，从开春的蒲公英、地丁草到夏收后的黄芩、柴胡、远志，一度还曾挖沙参、苦参，采夏枯草。采挖什么药，是根据乡药材铺和药贩的需求而定，有一年村里人竟把田野里的野胡萝卜根几乎挖净。小时候，我除帮父母做农活外，最大的愿望就是像其他孩子那样去采挖草药，这种状况一直持续到初中毕业。

那时村里人来钱的路子少，除每年的交购粮款外，似乎再没有其他收入。很多家常年为买盐、火柴、煤油等日常生活品发愁。挖药是个好门路，只要人勤快肯吃苦就能赚到钱。像蒲公英、地丁草等，只要挖回来，天气好时，两天就能晒干，逢乡三天一次的集市就可以变现。黄芩、柴胡、远志就麻烦多了，它们入药部分是根或根皮。挖时费力，晾晒需要时间长，特别是远志，入药部分是根皮，挖回来，用木棒等砸拨后才能晾晒。当然，这些草药售价比别的贵两三倍。

山坡上的草药，缓解不少家庭日常开支的困窘，好些孩子的采药收入解决自己上学的费用。直到今天，村里一户人家生活改变的历程我依然能清晰记起。那户人家孩子多，母亲早故。散社后好几年，每到麦收前一个月，家里就断粮了。那种境况直到那户儿子结婚才彻底改变。男子在县城学艺，结识一名外地的女子。那女子到村子后，为人友善，很勤快，做农活一点都不亚于一个壮年男子。她除做饭吃饭外，白天所有的时间都在田野里，侍弄田地或在山坡上挖草药。麦收前一个月断粮，那女子没有出去借粮，而是更勤快地在山坡上挖药，然后到集市上换馒头，就这样扛到新麦下来。从那年以后，他家的生活彻底改变了。她到家第三年，便推倒土房，在村子盖起了砖瓦大房。

草药的价格一路上涨，原来三四毛钱的蒲公英、地丁草涨到一块钱一斤。坡上的草药越来越少，村里人挖采草药的热情依旧高涨，采药的脚步也越走越远，几道沟梁外的山坡上布满村里人的足迹。几个药贩的到来打破了村里短暂的安静，他们要大量收购胡萝卜杠子根，而且一元一斤。村里人怎么也没想到山坡上随处可见的开着伞状白花的野胡萝卜杠根能换钱，而且还价格不菲！村子再次热闹了，男人、女人、小孩活跃在村子的角角落落，一捆捆一车车野胡萝卜杠被运到场里。人们来不及休息，再将茎秆和根分开，隔一两天药贩子开着三轮车来村子收购，一麻袋一麻袋的野胡萝卜根走出村子。

当初，药贩来村子说收购野胡萝卜根时，好多人都不相信。几天后有人卖了钱，几个懂中药的便猜想药贩收购野胡萝卜杠是充当防风。防风是一种草药，无论外形、根系和野胡萝卜杠都很像，晒干后几乎难辨真假。防风的根茎没有野胡萝卜粗大，产量远远低于野胡萝卜杠。猜想毕竟是猜想，谁也不去理会，大伙便一窝蜂地响应开来。

最近几年，除种植草药外，依然有人采挖草药。采挖草药的种类跟随市场变化，像柏籽、酸枣、杏仁等价格贵的药材一直倍受青睐。去年，听说村里人几乎跑遍周边的沟沟坎坎挖一种草，名字我已经记不清了。这种草药一斤干草卖价八十元，听后我都为之动心。专门托人拍了一株，找人了解是否可以种植。据内行说那种草人工种植难度极大，只好作罢！

想起以前的事情，依然觉得挖药是件很惬意的事：一把小挖镢，一根绳子或者一个草笼，行走在起伏绵延的峁梁间，还能挣到快钱。

泡桐树

故乡田野里树木很多，有刺槐、柏树、杨树、柳树、泡桐等，还有多种灌木。它们适应力强，耐贫瘠、干旱。泡桐不仅生长快，而且繁殖力强，扦插根和砍伐后树坑里的根都可发出新苗。从春天到初秋随便埋一节泡桐根就能发出一棵树苗。树苗出土后，特别是春天发的芽，生长速度惊人，到秋天能长到两到三米高，甚至更高，主干有手腕粗细。一般三五年就能成材，有老碗口粗。泡桐生长速度快，材质好。它解成的板材轻，纹理好，透气、耐腐蚀，且不易变形、开裂，是打造家具的好木料。过去办红白事时都要打造柜、箱以及寿棺，常用桐木板材。

以前，村子里泡桐树很多，十四五米高一抱多粗的大桐树也不少见。春天，村子里桐花竞相绽放，一串串淡紫色的花开满原野，村子的各个角落弥漫着桐花淡淡的清香。村人喜欢桐树，我也喜欢桐树。我曾随意剪一截泡桐根埋进土里，不久桐树苗破土而出且长势很好。它的树干鲜绿挺拔，叶大对生有序。

我喜欢泡桐，每次看到长出的桐树苗都很欣喜。1988年盖房，我们在水泉地盖房取土打胡基，地表熟土被取走七八。当年，胡基坑边被斩断的桐树根就发芽成苗，1989年秋已经长到三米多高，青绿的树皮开始变色，树干分枝伸展，像一个精壮的少年。那年我刚上初一，暑假与父亲整理那块地种菜。我突发奇想，便和父亲商量将那棵桐树苗留上，看看它能否在这被大树遮挡的贫瘠的地方长大成材。父亲欣然同意，将分开的枝条砍掉，留下主干。这一切父亲做得很认真。初中毕业后，我在县城上学，回家的次数少，但每次回家，我都会特意去看看那棵泡桐，它长得很好。

2000年前后，农村生活逐渐发生了很多变化。村里人几乎不再打制家具，即使想打件家具也找不到木匠。四乡八邻的那些能数得上的木匠都上了年纪，已拿不动刨子。村子的泡桐，还有其他树木已经淡出人们的视野。几次基本农田改造后，田间地头的树木被砍伐殆尽。仅存在于人们房前屋后的泡桐爆发丛枝病接连枯死，我的那棵泡桐也未能幸免。

前些年，女儿学古筝，我便对古筝的材质有所了解。泡桐不仅在婚丧嫁娶中使用，还在古筝等乐器的制作中使用已久。泡桐自身的木质特点造就乐器声音的松透浑厚。想那一曲曲古乐在琴弦间流淌，真让人沉醉！

乡邻往事

　　我认识她时，她在村里已经是有几个媳妇的婆婆。她家里有三间瓦房和两家厦房，厦房在正房右前方。瓦房朝南，厦房朝东。厦房的炕窗和瓦房的炕窗有十余米远。婆媳间的吵骂经常从两个炕窗发出，越吵越激烈。每次都是婆婆率先走出屋门，手扶门框，站在门槛上骂，骂着骂着脚步便移到麦场中央，跳起脚，身体随着手臂的指向前后起落，动作幅度大且协调，让人觉得一不小心就会向前倾倒或者向后仰翻。她挥动的手臂和五个手指随情绪变化，动作非常协调，骂声抑扬顿挫、婉转悠长。这种事情虽然经常发生，但这仅是她生活中的小插曲。她个子不高，有一米五多，不胖，非常麻利。她是圆脸，眼睛不大，圆圆的，隐隐透着一丝怨恨。她不仅常骂媳妇，也经常骂自己男人。男人拖拉或某事做得不合她心意了，都会招来几句难以入耳的痛骂。我和她的冲突源于我开的那块荒地。

　　散社后，村里人对田地的爱惜，直到现在我依然不能理解。大伙都尽可能地在田间地头垦荒，村里能种东西的地方基本上都被刨挖整成一坨坨小地块。这些地块不算承包地,自然不记产量的。那时我还小,大概有七八岁时,也跟着占据村子场前的一小块荒地。那块地不大,有三十多个平方米,坡陡,地的下端是一面三十多米的土坎。那块地土质非常不好,夹杂的碎石很多,墒情差。每逢天干少雨,那里就已经旱了。记不清用了多久才把那块地翻完一遍,除完杂草,平整地面,彻底弄好大约在入冬前。入冬后,我学着大人样子,沿着地边隔上一米多远,挖一个脸盆大小的坑,把挖出的土堆砌在坑周围,外高内低,以便在雨天积水。再用小笼一趟一趟地往坑里送牛粪。第二年春,谷雨前后,在每个坑里种了三颗南瓜子,地里种了土豆。下种后,我天天焦急地等待瓜子和土豆出苗,有时甚至一天看几趟。那年春天雨水好,苗出得齐,长势很好。可是到了夏季,那片地缺墒,南瓜和土豆长势一般。地中间有一棵杏树,有十四五米高,比老碗粗点。杏子比野杏大,味道好。村里的孩子甚至大人时常会用石头砸树上的杏子吃,地里的庄稼常常被踩。我为此没少憋闷气,常会嘀咕一通。尽管几年里那块地也没有长出像样的庄稼,但在我心中,那是一份领地。在开始播种后的第三年的秋天的一个下午,她在地旁十多米的一块坡地拴羊吃草。羊挣脱绳子跑到我的那块地里啃玉米苗。我集聚几天的怨气突然爆发,隔着老远便斥责她的无德。或许她觉得被一个孩子责备丢人,或是她也憋着气正好找不到发泄对象,便破口骂我。也许我的做法触碰到她的底线,一个孩子敢和她叫板。她的反应超乎以往任何一次,近乎癫狂。她似乎找不到一个恶毒的词语骂我,便连我的父母都捎带上一起骂。她在自家场口,我在相距百米的一块地塄上耙地。她的脚步随着叫骂声逐渐向我靠近,在距我三四十米的地方时,我也崩溃了,跳下两米多高的土塄,拉着铁耙向她奔去。见此情景,她转身便跑。自此,持续整整一个后晌的叫骂戛然而止。

那天后,好几年我与她都不再说话。一个秋季,偶然的机会,我们再次在场头相遇，彼此点头算是打过招呼。后来，我外出上学，见面的次数很少，听说她已经过世。时至今天，想起那些往事，我为自己的莽撞无知而惭愧。

堂兄端虎

十月十日，侄儿打电话说他父亲过世。虽说这是意料中的事情，但我还是为之一颤。

九月二十五日，侄儿给我打电话说刚从一附院出来，去电脑城给在云南上大学的女儿买电脑。听到医院两个字，我不由得就紧张。没等他说完，我问他在医院有什么事？侄儿说他父亲在那里住院，是由于胸闷气短，据诊断结果恐怕堂兄的病情不是太好，从区医院转到交大一附院已经几天了。侄儿的叙说打消了我对误诊的幻想。临到结束通话我们都没有说出"肺癌"两个字。十月二日中午，我与侄儿在另外一个堂哥家碰面。他说刚从医院回家，堂兄的病已经确诊，是肺癌晚期，已经扩散到肝脏、骨髓。人现在精神恍惚，说着话就能睡着。

他家在和我家一路之隔的临潼，相距有七八里。我到他家时，他们正在吃午饭，端虎哥坐在靠墙的沙发上，坐姿像刚复员的军人，腰板笔直，满脸笑容。若不是深陷的眼睛和乏力的眼神，很难看出他是个患有重病的人。听说他在去县城看病的当天还在忙着地里的活计。

他比我长二十三岁。我对他最早的记忆是在我上小学前。那时他刚复员回村没两年。婚后盖房，就是他现在住的房子，我跟另一位堂兄去帮忙。在部队时，他是卫生员，义务兵满，依据他的综合条件是最有资格提干留队的，而他放弃了那个可以改变一生命运的机会。作为一名党员，把机会留给了其他战友，自己复员回村务农。

我和堂兄的接触不多，但每次见面，即使短暂的交谈都觉得非常亲切，没有一点生疏。他严肃而不失随和，与人说话不急不缓，微笑始终在脸上。即使偶尔的迟疑或者不满，即使愤怒，也只是脖子微向后移眉头轻皱，旋即又恢复常态。我们村和他家所在的村子相邻，尽管隶属不同的县，但村民之间常有往来。自回乡以来，他一直担任村干部，直到按规定退居二线。在他担任村集体干部的几十年里，我没有听到村民关于他的丝毫非议。

长辈人叫他端虎。在这个虎年深秋的早晨，堂兄走完了他人生的历程，从发病到过世只有短短的二十四天。他没有承受一点癌症患者的疼痛，在注射能量点滴中悄然睡去，在孩子还没有来得及给他准备寿衣、棺、墓时静静地走了。入殓是在昨天下午进行，他们村子乡邻和亲朋悉数到场，大伙围拢在桐木棺材周围。哀声骤起，秋寒阵阵。入棺，他似熟睡，身体笔挺。

这几年里，我见过堂兄帮忙给别人入殓，那份从容依然留在我的脑海。一个月前，他送孙女去云南上大学的样子依然清晰，短袖、挎包、微笑。他安静地走了！

好好活着

堂兄遗体入棺，即将封盖，周围一片哀声。一直站在众人身后的大嫂，突然冲开拦挡扑倒在棺材上，哭声悲怆，责怨堂兄狠心，扔下她不管不顾，那份不舍和哀痛惹得村人泪流不止。她身材矮胖，腿脚不好，平日里走路总是慢悠悠的，而那时的她迅捷得像换了一个人。他们那个年代，两人结合谈不到因为爱情，更多的是父母之命媒妁之言。始于柴米油盐，终于阴阳相隔。几十年同居一室，共食一锅饭，也许直到那时相互间没有说过一句情话，而那声撕心裂肺的"××他爸，你丢下我不管了……"是两人最真挚的爱，最让人为之震撼的情话。这些年，我亲眼目睹多次这样的场景，特别是内祖母的那次悲怆的哭声让我更是怆然涕下。

内祖母很要强，内祖父在世时，两人时常拌嘴。当然说的最多的是内祖母，内祖父常常是不吭一声，听由内祖母责备埋怨。内祖父去世时，尽管后事料理不需要内祖母操劳，但她还是忙前忙后地跑，和来人交谈如常。在送埋的前天下午，为了一件大伙看来很小的事情，内祖母突然情绪失控，大哭不止。内祖父过世前，内祖母常玩笑说，若不是需要照顾内祖父，她可以去这去那。农村的院子很大，内祖父走后，场院更加空寂。她哪里也不愿去，去了也不愿意多待，时常独坐在门口的石墩上发呆。

那些生离死别的场景总是让人揪心。大嫂的哭诉和内祖母的境况，让我再次想起那段希望百年之后妻子早他故去的对话，油然而生感慨，好好活着。

家乡

　　每当有人问是哪里人，我说是蓝田的，常常会更详细地说出乡、村，甚至到小队的名字。除非问话者不知道蓝田，也就只好说是西安人。我不觉得自己是西安城人，城市似乎和我没有太多关系，我属于那个到处是沟壑峁梁的村子。走进那个村子，我就无比兴奋倍觉亲切，那份安然让我非常惬意。

　　村子，坡坎，小路，一块块土地记录几代人的足迹；一间间泥瓦房浸透几辈人汗水。锅灶上黝黑的棚顶下有一家人果腹后的幸福，玉米糁子糊汤面养育一代代生息在这片土地上的人们。粗衣、棉絮、千层底、黄牛、犁铧、独轮车是几辈人的生活依靠。

　　村子不大，倒也丰盈。伴随着黎明的脚步，开门的吱呀声、水桶的吱扭声随着早起挑水人的脚步远远近近。上工的脚步声，农具的碰撞声，劳作时的吆喝声此起彼伏……沉睡一夜的村子再次忙碌了。

　　散社后，木楔、石头将大片的田地分割成小块，承包给各家各户。村民不再埋怨谁干活偷懒了，常会为自家的劳动力充足、庄稼好而骄傲。

为了地畔相互指责间或扭打，抑或是为牛羊跑进田里啃食庄稼而吵闹。看似一些东家长西家短的无关痛痒的话题，就会引起一场吵闹。每一次吵闹后，两家人就不再说话。即使撞个正面也彼此扭过头，似乎谁也没有看到谁。家乡就是家乡，总是让人永远依恋。随着时间的推移，那些不快已经渐渐淡出儿时的记忆。在这繁华的城市里，在这嘈杂的人流中，我时常被莫名的孤寂袭扰，在这高楼林立的欢声笑语中却少了家的感觉。

多少年后一个阳光煦暖的中午，我再次回到家乡。门前的场地上匍匐的青草驱逐着冬日遗留的荒凉，湿润的空气中散发着泥土的芬芳，房子周围的树木枝条舒展，一簇簇翠绿让我欣喜。快乐的鸟儿不知疲倦地飞来飞去，叽叽喳喳地分享着春天的快乐。我那历经风雨的土木瓦房已经歪斜斑驳，阳光如顽皮的孩子将头从裂开的墙缝伸进屋子找寻着昔日的样子，脱落的胡基和石头不知何时已经依墙而起。此情此景，一股难以言说的酸楚骤然生起。

时隔几年，再次回到村子。没有枝叶遮拦，村子几处的屋舍显得格外醒目。坡间小路荆棘丛生，早已与山坡融为一体。四通八达的水泥路面犹如踽踽而行的老人孤独地在村子里相会。偶见的行人成为村子的风景。

漫步村中，突然觉得人是个很奇怪的动物，怀念曾经的村子，有吵闹，有生气。可以为一尺地畔让村子吵闹声四起，为鸡狗牛羊而连声叫骂，有来来往往或急促或者悠闲的脚步声此起彼伏……而今，这里安静得让人有些心酸。

不知道村子还能持续多久，几年，还是几十年？我常想，为何如此眷恋这个地方？是因为我是农民，从小就在这里？是因为有住处，有田地，有春播秋收？直到有一天，我看到"只有埋葬着亲人的土地才是家乡……"才明白这种情愫的缘由。

残垣断壁的屋舍尚存的那一点记忆不知道会延续多久？从土地走向城市的人们早已厌倦农耕的辛劳，铆足劲在城市挥洒青春和汗水，试图寻找属于自己的故乡。土地依然是那片土地，那些故去的乡亲依然沉睡在那里。春夏秋冬四季更迭，不知道家乡还能存续多久。

往事闲记

　　父亲退休前是一名乡村教师，母亲侍弄家里的承包地。我们上学的那段时间，家里经济一直都不宽裕。每到开学季，父母都要提前凑学费，不是卖掉家里的粮食，就是把刚刚使唤得顺手的黄牛卖掉，然后再买一个即将能拉犁的小牛接着养，就这样倒换着挤出来我们的学费和生活费。生活虽然艰难，但他们对生活充满信心和希望。

　　父亲初中毕业，刚好赶上高中入学年龄限制，踩着线被挡在门外，便回乡务农了。他回乡后，做过公社临干，在大队里当过会计，再后到村小当民办教师。直到1988年，他参加民办教师转正考试，成为一名正式的公办教师。农业合作社解散后，家里有十几亩地，基本上靠母亲侍弄。那时村里的地百分之九十以上都是坡地，下地不是上坡就是下坡。农作时，没有牛不行。农活全靠手推肩挑，那份辛苦不必多说。

　　学校在村里，学生每天两顿饭都在家里吃，老师也一样。放学回到家里，父亲一点不敢歇息，搭手帮母亲一起做活。从学校到到家来回最少需要三十分钟。母亲前后晌要下地干活，饭时前赶回家做饭，时间非常紧张。父亲回到家里第一件事情就是帮母亲拉风箱烧火做饭。在村里，这些活计一般都是女人做的。因此，经常有人笑话父亲，每当那时，他只是笑笑而已。后晌放学，一天的教学工作就结束了，父亲不敢有半点清闲，匆匆赶回家，和母亲搭手做活。

我们都是父亲的学生。他没有因为我们是他的孩子，而特意照顾。反而因为我们是他的孩子要蒙受一些冤屈，还不能申辩。孩子们顽皮，偶尔会发生口角，甚至是动手打架是常事。父亲总是不问原因先责备我们，我们为此常常感到委屈。他更不会因为家长问题而歧视或者放任某个孩子。因为这点还被个别家长在背地里指责，说父亲是有意报复。父亲对此从不解释，他恪守一名教师的职责。因而，他一直被大多数人敬重。

很多年前，我一直希望父亲是学校的校长。我羡慕那些当校长的老师。校长不仅掌控整个学校的一切，还可以自由地安排自己的事情，不用代课或者不用代太多的课程。当然，这个念头一直只是藏在心里，从未和父亲说起。这次，与父亲闲聊，说到一个老师的孩子，我觉得他应该和我同岁。父亲说他比我大好几岁。他被调到那个同学所在村子的学校时，那个同学已经会跑了，而那时我才即将出生。我故作疑惑，既然我就将要出生了，父亲为什么还要离开母亲去好几里外的村子任教，而丢下母亲一人在家。无意中的闲聊，揭开了一段尘封的往事。

那是 1976 年 9 月。父亲在那之前是我们村小的校长，而且是少有的党员校长。为了辞去校长的职位，他多次找公社教育干事。教育干事同意了，但一直找不到合适的人选，便拖到 1976 年暑期前。我问父亲，别人都是挤破头想当个领导，而他却与之相背。父亲说：他之所以实在不想干那个差事，是受不了各种关系的摊派，如每个学期都能接到来自各种渠道的墨水、本子等文具摊派，还有各种实物缴纳。对于摊派更是反感，他常常顶着不接，实在不行了，只好自己掏腰包。时间长了，让人不待见。然而，苦于他是为数不多的党员校长，也不敢轻易替换，怕落个"大帽子"。时间久了，父亲觉得自己既然无法改变，又不能接受，就几次请辞。

暑假过后，有一个人选接任了父亲的岗位。不知道他们出于何种考虑，父亲还是没能一身轻，兼任学校的会计。正是这个会计工作让他有了两年外校教学经历。新校长到任没多久，他们一起到西安出差。回去后，校长收集了一沓公交车票，让父亲给报销，父亲不给报。校长气急败坏地数落父亲是榆木疙瘩，不开化。他们不报，其他学校照样报。时隔不久，两人再次发生冲突。父亲旁敲侧击地提醒他要自我约束，注意个人作风问题。校长在年末人事变动时上下跑动，终于把父亲调出了学校。我上初中，那位校长也在初中工作。知道我的父亲是谁后，待我还算热心。直到今天，我才知道缘由：父亲说他要是当初不是挤兑自己，留着他这个"对立面"，他也就不会那样放肆而为，也就不会犯作风问题而被劳教。

两年后，父亲再次回到村子的学校。父亲的归来是该感谢村子里那些有识之士，是他们在公社三番五次地申请。我觉得更应该感谢他自己，是他赢得了大伙的信任和需要。那次回来，他结束近乎两年时间里一天或者几天来回十里多的跋涉。路程虽说不远，但不好走，不是上坡就是下沟。天气好的时候来回也要一个多小时，逢雨雪天气更是难走。当村子人还沉浸在睡梦中时，我父亲的早晨便开始了。他行走在黎明前的夜色中，陪伴他的是一把手电筒，一根铁棍，还有我家的狗——黑子。近两年时间里，黑子默默地跟着他，天亮了它才折身往家跑。

父亲第二次被调到那个学校，是在我上高中期间。那次时间很短，大概只有一个学期。问题的根源是父亲带的毕业班在小升初考试中获得了全乡第一名的好成绩。按说学校是应该高兴的，结果却得罪了在任的校长。校长总是有事没事地刁难父亲。大伙开始不明白到底是为了什么。

有人私下问校长：学校取得好成绩，不应该高兴吗？校长方才说出了实话。他戏骂那个问话的老师是个榆木脑子，我父亲带的学生考了第一，来年的毕业班是他带的，考砸了岂不是很丢面子。他怎能开心起来！这个原因初听起来似乎让人匪夷所思，细想似乎蛮有道理。

　　我故意逗父亲，说："您那就叫不合时宜。"父亲和蔼地笑笑。

　　时间过得很快，转瞬间四十多年了。岁月不老，人却匆匆。匆匆间花开花落，曾经的已成往事。若能被人记起未尝不是好事，多一点怀念，总比多一点憎恶好些。

我欠女儿一个伴

20世纪80年代初期，我还是一个孩子，尚不大明白事理。村里大会小会之后，适龄妇女被叫到公社卫生院做节育手术。准备再生还没有生的人怨自己运气不好。有个别因为身体原因不能做手术的，被骂走后门了。怨言四起，嫌怨也随之埋下祸根，原本平静和睦的村子暗流涌动。

偶尔，在夜深人静的时候能听到充满怨气的叫骂声和撕心裂肺的哭喊声。这些近乎绝望的声音沿着村道渐渐远去，几天后那些好久不见的邻居再次回到村子，满是怀疑、仇恨的眼光看着那些似乎可能出卖自己的人。

在后来的邻里冲突中常有人用，"有本事，你再生个儿子或女儿！我娃多，我有，你想有还没有！"等话语刺激着几近失去理智的对方。这样的冲突持续好些年，到90年代末期，才渐渐淡去。时至现在，我记忆中最后一次看到那样的事情，还是在1992年底，在一个临近县城的村子发生的。大约是晚上八点，天刚黑，村口的土路上，手电光下，几个人撕扯着一个肥胖的女人往车上拉，女人无助的挣扎和哀号声划破夜晚的宁静。

转眼间，我走进婚姻，在犹豫中我的孩子来了。我们欣喜，我们忧虑。不知道孩子出生后将在哪里上户口，是去山西还是武汉？如果那样，以后上学怎么办？为此，我奔走在省际之间，看着熙熙攘攘的人流，一次次希望破灭的失望让我失去信心。四五个月过去了，看着妻子渐渐隆起的肚子，我们的焦虑与日俱增，但窃喜妻子可能怀了双胞胎，我可以有两个孩子了，可以合法拥有两个孩子。

在那个下着小雨的早晨，女儿出生了。她躺在婴儿床上，像是梦到了什么开心的事情，咂巴着小嘴露着浅浅的笑容。妻子昏睡在旁边。看看妻子，看看可爱的女儿，我心想再不生了。睡梦中的女儿还不知道母亲在生她时被抢救过一次。不知道是麻药过量，还是妻子对麻药过敏，血压急速下降。她晚女儿足足半个小时出的手术室。

随着女儿慢慢长大，会爬了，颤颤巍巍地学步，小手拉着我带她去玩，再到我送她走进幼儿园。我们几次都想着再生一个，最终还是放弃了这个一直萦绕在心头的念头。如今，女儿已经高过妻子半头，再生一个的想法偶然会在脑海闪过。

今天，我和女儿坐在电影院看《快把我哥带走》。影片中，那个顽皮的哥哥让人哭笑不得。作为一个父亲，作为一个女儿的父亲，我想责怪他和妹妹抢吃抢喝；责怪他常常作弄妹妹；责怪他……随着剧情的推进，我不敢看荧屏，不敢听影音，假装着翻看手机。我听到后排有人啜泣。

多年前，我和一个大哥闲聊。说到是否再生一个，他叹息着说不生了。我说一个女孩子以后没个伴，没个照应。他说："那有什么问题？再过二十年，我才五十来岁，依然是一个小伙子。"如今，我那个大哥已经五十多了，身体远不如以前健壮。我不知道再过三十年，我是否还是一个小伙子。电影结束了，看着女儿的背影，我想我欠女儿一个伴！

与友人聊女儿

　　我和小鹏住一个院子。昨晚，他说一会到家里来鉴赏一款茶叶。门铃响了，开门，是他们夫妻。他们进门站在脚垫上，看装束像是要出院子。我和妻子再三邀请他们进屋喝茶，他们说聊几句就去看女儿，我们惊愕。他说将女儿分开，让她独立生活的前后情况。

　　他们的女儿月初搬至距离这个小区不远的一个小区独自居住。那是一套三居室的房子，他们要求女儿每月按照市场价的百分之七十交房租。开始谈分住时女儿不愿意，谈房租女儿更是不能理解。怎奈拧不过他们，孩子只能按照他们意思，分开住，交房租。

　　孩子独居的当天晚上，他一夜睡不着觉。一个月很快过去了，孩子学会收拾房子，物件摆放整齐有序，台面干净，置办不少饰品，把房子装扮得非常温馨。孩子现在生活很有规律，像变了一个人，早上起来自己动手做饭。他们家里菜还没吃完，女儿就给送来。原来住在一起时，孩子总是长不大，怎么说也不听，还经常和母亲顶嘴。别说帮母亲打理家务，还到处乱扔东西。常常是妻子做好早点，女儿不吃……

第一次见他的女儿，还是在他们住在省府筒子楼时。那时，她是一名小学生，不爱说话。常听到的是她父亲对她的指责，诸如懒散，不求上进以及不抱希望等。再见时，我们同住一个小区，她已经大学毕业，在一家企业工作。2019年，我们常在院子看到她跑步。我和她的父亲聊天，赞孩子积极上进。她的父亲满腹怨言，说孩子上班几乎常坐少动，回到家里也是少动，发胖。他实在看不过，骂孩子再不自律以后不要说其他，单就那肥胖引起的疾病会让她更痛苦。他感叹现在的孩子没个样子，不懂事。一次，他有牙疾，我妻子给他治疗。晚上，他突发高热，喊妻子过去。进屋问诊时，我们看到他女儿端着水站在旁边满脸都是关切和焦急。这次，他们满脸洋溢欣慰和骄傲。

我和他们一样，也是有一个女儿。在聊天时，当他们说到狠心将女儿分开独住时，我看到妻子眼睛中饱含难以掩饰的泪花。我女儿在外地上学，由于疫情，一个多月了，我们不能去，孩子不能回来。每到晚上下班回到家里，不是我问妻子，就是妻子问我，孩子今天来微信没。我们总是觉得孩子小，怕她离开我们无法适应生活。我常常怀念十几年前，每当下班回家走进院子，女儿迈着小碎步奔跑过来，扑进我的怀里。

闲聊一会，他们匆匆离去。我和妻子感慨之余，说起我的女儿。不知道女儿是否完成当天的学习任务？今天吃的可口否？穿得暖吗？是否受委屈……心中顿生一串问号！我不知道女儿走上社会后，我们会不会娇惯孩子。毋庸置疑，女儿是我和妻子后半生的全部。

关中俗话

看老舍的小说《我这一辈子》，书中有一字日字旁一个昝，不知其读音，更不知其意。我放下书本，多处查找：有晷和日晷，而无日昝。昝，读zǎn，同咱，为姓氏，而无书中所写的字。多处解释：有说"日晷同日昝"；有说日昝是错误的写法，应是日晷。《说文》中注解，晷，日景也。《汉书·李寻传》中有"辉光所烛，万里同晷"，晷，日光。《晋书·鲁胜传·正天论》中有"以冬至之后，立晷侧影，准度日月星"。日晷，是按照日影测定时间的仪器，也称"日规"，有晷表、晷刻、晷漏、晷度等。我想网购的这本书或许是印刷错误。

关中蓝田方言有"胡日晷"之说。譬如，大人责骂小孩做事不专心、磨蹭等说胡日晷；或者责备一个人一天不弄正事，说整天不做正事胡日晷。

关中乡村早些年间有不少嗔怪骂人之话，乍听起来很是刺耳，比如："羞先人""不是个东西"等。无论言语如何，所表达的意思无外乎指责对方有悖常理、有辱先辈之用意，以之泄愤。有着十三朝古都的厚重和久远农耕文明的关中地域，它的文化底蕴是毋庸置疑的，譬如"羞先人"，这个句子就有着古汉语的文法，使先人感到羞耻。其意是后人不能传承先辈的遗风美德，光耀门楣，反而让先人蒙羞，是为不孝。人之过，大不过此。再如粗俗之语、谩骂讥讽，无不体现在有辱门风，愧对先祖之意。五行之说中，东为木，西为金。南为火，北为水。金木为物可盛，可交换，水火无情。所以有买东西而无买南北之说。骂人不是个东西，其意显而易见。一些蔑视他人的话，如："怂不顶""能欻"等。"怂"释意，惊悚。怂不顶，释意是由于惊恐而手足无措，派不上用场。欻，拟声字，形容短促迅速划过的摩擦声音，延伸为快速的意思，和"能"组为一词，意为慌乱无章，办不成大事。

地域俗语很多，难以胜举。细品几例骂人或者嘲弄人的简洁俗话，还是蛮有意思的，粗听落俗蛮横，斟酌思忖过后觉得是粗而不俗，雅而有文。骂人究其究竟，无非是宣泄情绪的不满和对被骂对象的攻击，终归是宣泄怨恨不满。大凡人都会宣泄自己的情绪，由于所处的环境和个人修养不同，因而表达方式大相径庭，有漠视，有含蓄隐晦，有狂风暴雨般的惊天迅猛，殊途同归罢了！

核桃树

老宅场边有一个核桃树，现在已有老碗口粗。据父亲说，那棵核桃树是从老宅房后的窑门口移栽过来的，移栽时有大拇指粗细。我十岁时，屋后高崖开裂，村庄整体搬迁。老宅的那棵核桃树还不到胳膊粗，更不要说挂果。那时，核桃在村里很稀罕，无论是做零食，还是逢年过节待客，都让人非常羡慕。

母亲常说，经管好这棵树，过几年我们家就有核桃了。每到开春，我们都不会忘给核桃树开皮。搬到新宅，老宅的场几乎荒废，每到冬季母亲疏松树干周围的土层，埋上一圈厚厚牛粪。十几年时间，核桃树粗大繁茂。前些年回去打核桃，站在核桃树下，我恍惚觉得核桃树一夜之间变样了。

新宅周围是我家的责任田。当年，母亲就在西侧场边埋下三颗精挑细选的果大皮薄的核桃。第二年春，核桃破土出苗，幼苗健壮，长势非常喜人。母亲视它们如珍宝，倍加呵护。每到冬天，她在幼苗的周围开坑埋粪。树苗不负母亲的辛劳一年一个样子，不到五六年，树已经长到四五米高，枝条伸展，开始挂果。2015年我们拆旧翻新老房，那三个棵核桃树杆已经比老碗口还粗。平整桩基和场面，核桃树杆被埋一米多深。当年，核桃树的长势明显变弱，刚过夏，树叶泛黄，核桃繁密，但果小，皮泛青黄，枯枝丛生。第二年，核桃树的情况更差。母亲每次提起核桃树的境况，无不叹惜。想掏开土层，受场面限制，已是不能，眼看着树况愈下。这些年陆续种了不少核桃树，现在，家里核桃树不少。我多次提出砍伐，母亲总是不舍。前两年，我总算说服母亲砍伐了那三棵核桃树。

在新宅落成后的几年里，除了母亲种植的核桃树外，父亲在房子东侧的地边也种了一颗核桃树。前几年拓宽门口道路时，翻上去的土将树干埋了。自那以后，枝头枯枝逐年增加，结果核小，皮厚，分心隔层紧凑，砸开后果肉与隔难以分离。见树况不好，我种了一亩多的矮化核桃。这些年，农村核桃树到处都是，已不再像以前那么让人稀罕。我多次和父亲说起那个核桃树，征求父亲的意见，想将那个核桃树砍伐，栽上其他风景树。父亲每次都说让我看着弄就行，但能明显看出他的不舍，我只好作罢。

前年暑期，父母回家消暑。母亲闲不住，看着核桃树的境况很是可惜，冒着暑热刨开埋土，地下树干一半已经腐烂。去年，树况渐好，那块烂掉皮层的部分已经修复，果核没有前年那样紧凑难分。前几天，我回去收拾门口翻土，再次将他们种在门口的一颗核桃树深埋。门口收拾好后，看着被深埋的树干，我惴惴不安，直到清理完埋土才得以心安。这两年，特别是现在，每当想起我毁了母亲种的核桃树，深感愧疚，希望在我手上再也不会挖掉那棵核桃树了，养护好他们种下的一草一木。

那天，清理被埋树干，有人说，土埋的越深对树越好，没有必要清理。我是学农的，这些年却忽视核桃树的生物学特征，非常懊悔。核桃树属于有性繁殖，不像其他靠枝条扦插的无性繁殖种类，深埋后，会致使生长受限，直到枯死。我想核桃树有灵性，定不负人意。

卖了理想换酒钱

　　偶然听到《卖了理想换酒钱》："……多少感慨 / 几声感叹 / 还拿着年少时的轻狂调侃 / 可惜早就没了 / 青春作伴 / 委屈了年华 没看见明天 / 是否早就应该 迷途知返 / 是谁把未来说的如真如幻 / 所有当年的梦 / 散落成碎片 / 我想卖了理想换酒钱"。我反复听着歌手嘶哑的歌声，眼前浮现出自己四十多年经历的场景，怅然若失。我想到了我的父亲。

　　父亲从上学到退休，错过了很多的机会，有社会原因，更多的应该是自己的问题。不管是上学还是工作，他在我们的心里都很优秀。初中期间招飞，万里挑一，他有幸被选中，但由于爷爷的原因未能成行。初升高时，因突然的年龄限制而错失机会。老师惜才，让他先留校当校工，每天按时打开水和授课时铃外，其余时间跟着年级正常上课、考试。父亲拒绝了，毅然背起行囊回到村子。在乡借调期间，他秉性耿直、不够世故而再回村子；后来的招工、转正评优等都在追求理想的思想作怪下，与之失之交臂。

　　父亲现已年过八旬，每当说起往事，兴致很好，心态平和。父亲在

158

被公社借调前兼任大队会计。借调赴任前，他力排众议推荐一个好学但没有一点文化基础的同龄人接任大队会计工作。我问父亲，这个推荐是否因为私交。他笑着摆手否定。说之所以推荐是看中那人的好学心细。问及如何好学，父亲说那人整天跟着他，他写东西，那人就在一旁边看边问。即使信手丢弃的废纸，也会被他拣出来，小心翼翼地展开收起。接任不久，他便幸运地被直接推荐到县高中就读，而且每次学校开一些大型会议，作为一名有着特殊身份的代表无一例外地被邀列席。毕业，再次被免试推荐就读大连某高校，他的人生得以翻天覆地的改变。而父亲回乡后，继续从事教育工作，作为一名工分教师，他每天行走在家和学校之间。

后来，父亲的中学同桌任县教育系统负责人，有几次的转正机会垂青，他都一一拒绝。直到1988年县公开举办民转公考试，他考试通过，顺利完成了民办到公办的身份转变。转正后，同学几次邀请他去县局工作，他都婉言谢绝。这一是念及家庭原因，更多是不愿意因为同学关系而获得这也许根本不会惠及他的机会，正如错过几次评定高级职称的机会一样。学校领导悉知他有同学关系，而将本属于他的名额做了人情，让他找同学另行申请，而致使父亲从教四十余年，直到退休也未能获得应有的职称。从教四十余年的父亲的秉正耿直、兢兢业业，致使他两次背井离乡……今天再次说起，父亲似乎已经释然，笑着说："如果当时能放下，一切也许就不是现在的样子。"

而我，似乎在一直走着父亲的路，在理想的路上总是磕磕绊绊，难以入乡随俗，迷途难返。我突然记起初中时一位老师曾说过的："太阳底下，你看不惯的事情数不胜数，你看惯或看不惯也都改变不了，太阳照样朝出夕落！"是啊！事情本是如此，又何必和自己过意不去。上初中那会儿，我常羡慕家在公社所在地的学生，那里自然条件比我们的村子好，有街道，供销社，还有食堂。我羡慕那些生活在街道两边的人家，想若是能在那里有一席之地，有一份如公社干部或者供销社售货人员的工作，人生足矣。当我进入高中学习，县城的繁华让我眼前再次一亮，我想那里才是我的最高目标。很幸运，我进入大学。我构想以后的生活：坐在宽阔明亮的办公室里，写写画画，意气风发，而现实却将梦打得碎了一地。在生活面前，所谓的理想、面子似乎不名分文。为了生活，又能怎样？

秋声

　　一天，我看到官方发布公告说："为了减少野猪损害农作物及威胁群众安全现象的发生，切实维护某某市山区林农的利益，根据相关规定，结合我市的野生动物资源实际情况，现奖励（某某市除外）群众依法依规猎获野猪。"我喜闻出台此公告，甚为感动。野猪伤人事件频发，害农毁粮已有年头。这几年从玉米灌浆前后开始，一年一度的秋夜交响乐便拉开了序幕，直到秋收结束。傍晚伊始，喧闹声便骤然而起，梁东爆竹刚歇，峁西鞭炮乍起，凹处秦腔激昂，梁上喊声四起，夹杂着洪亮的呐喊："打山猪了……山猪来了……快来打山猪了……"是恐吓，也是呼唤。

　　早些年间，还没有管制，几乎每个村子都有一个或两个人利用农闲时狩猎。那时，村子人多，在白天随处可以见到行人，即使大雪纷飞的冬天。田野里猎物很少，十天半月能碰上一只兔子算是运气好，能捕获到的也就是兔子和山鸡，再无他物。20世纪90年代前，村子里来过一只猫獾，一只野猪。猫獾在全村人的围猎下成了众人的消夜。野猪或许是路过不幸被村人正好碰见，在村民的叫嚷声中惊慌逃窜，撞到一人后逃出村子。前些年，村子有几个年轻人常年狩猎，用的是夹子、弹弓、电猫，时不时能弄到几只野兔，一年仅能碰到一两只野猪，以贴补家用。我每次见他都少不了一顿劝导：一是考虑个人安全；二是明令禁止猎捕；三是解决不了实际问题。几年时间，村人渐少，山野草莽，野鸡时常在路上旁若无人地散步，嬉戏鸣叫。野兔上蹿下跳好不自在。野猪每到傍晚成群结队啃食庄稼。为了驱赶野猪，村人想尽办法：拉绳围田，安插太阳能警示灯，都效果甚微。最后只能放鞭炮，整夜在田间地头吆喝。现在，是用录音话筒播放秦腔和喊话，与野猪周旋。我与村人说起政府出台捕杀野猪公告，他们都摇头不语。想起 90 年代前的故乡，不免让人唏嘘。那时，村子的秋天很热闹，山坡上绿荫渐退，灰黄相映，最为惹眼的是田间地头柿树上红彤彤的柿子与红叶。晨起，太阳爬过东梁轻轻地赶起匍匐在地面的薄雾，徐徐腾起。若遇秋雨霏霏，麦田新润，绿苗茵茵，薄雾蒙蒙。若天高云淡，忙碌的秋收场景最是让人欣喜，黄豆秆低矮壮实，层层叠叠地缀满密布土黄色绒毛的豆荚。满地的玉米挺拔站立，似乎向天空叙述着秋的丰厚。麦场一夜之间长出缀满苞谷的架子，一根根一架架盘挂得满满当当。捶打豆秆的棍棒声、连枷声此起彼伏，间或几声吆喝谗嘴鸡儿的声音让秋天午后显得分外清扬。现在说起，似乎就在昨天。曾几何时，秋天的田野沉寂了，也许只有记忆中还残存着昔日的喧闹。三两棵柿树孤零零地伫立在那里，树下一摊摊迸散的柿汁，在阳光下斑斑殷红。

再过三原

昨天从阎良回西安，走关中环线，途径大程、荆中、西阳。这三个地方都属三原所辖，大程、西阳是镇，荆中是村，归辖大程镇。三原是名县，素有天下县泾三原之美誉。三原地处关中平原，是交通枢纽，原工农业都比较发达，国有、民营大中型企业众多。它是于右任先生的故乡。现今的西北农林科技大学的前身国立西北农林专科学校，是由于右任先生创办。有幸，我大学就读于该校。

我第一次去三原是在 1997 年初，那是大一第一学期末。寒假前，侄子出生，母亲在西阳帮带孩子。放假走西阳，看侄子同时陪母亲回蓝田老家。我从杨凌乘汽车到咸阳，转乘到三原的班车，到三原天色已晚，从车站租乘机动三轮车到西阳中学，行程近一个小时，沿途路边田野朦胧。记得到西阳学校已是晚上九点。第二天和母亲从西阳乘车到阎良，转到临潼班车，经马额、东岳回家。母亲晕车，早起用土方贴生姜片以防晕车，收效甚微。我们每换乘一次，都要歇息一会，以缓解晕车症状，行程近乎一天。那是我第一次过三原县城，经西阳、荆中、大程之旅，

163

目睹关中平原的宽阔平坦。当时，我不会想到五年后会在三原工作生活一年多，并且走遍三原的大街小巷、村镇集市。

在三原待的那一年多时间里，我骑断一辆飞鸽牌加重自行车的主梁，足迹遍布三原辖区的村镇。东到接壤阎良、富平的义和，南到泾阳高陵交界，北到马额镇，几个大点的镇子不止一次前往。走那么多地方，基本上是工作所需：搞宣传、配送货物。搞宣传主要是刷墙体广告和分发公司产品的宣传海报。公司每个月有保底的宣传任务，报纸是定量的，费用维持基本的员工工资，墙体广告是越多越好，大概每个平方是按七块包干。若有时间，我便带着几个同事，租用机动三轮车走村串巷寻找墙体。找到合适的墙面后，同主家沟通，得到同意后刷墙书写。大白粉刷底色，宝塔红漆书写，统一字体、标识和宣传内容。每完成一副墙体广告，身体的疲倦被内心的满足遮盖得严严实实。分发宣传小报，最轻松的莫过于在乡镇集市，人多，也热情，时常还有人主动伸手索要。时常会遇到麻烦，被工商人员查要广告登记手续，免不了说上一大筐好话。现在想来，那时就像一个闲人，哪里有热闹，就往哪里赶。那时，我的工资收入的确比在体制中上班的同学宽裕很多，也自由得多。忙或者不忙，全凭自己心情决定。可以在开阔的田野里自由呼吸，可以让视野随性极目。累了可以随意席地而坐，将所有的不快一股脑地抛洒，不必在意，更不用顾忌。夜刚至，可以躺在租住的房子里，打开收音机，常不听一句，直到夜半醒来再关掉刺刺啦啦的电流声。

二十年后，我再次路过这些地方，临近日落，天空阴霾，村舍厂房连绵，标识地名的路牌在车窗外急速而过，让我再次记起这些地方。荆中是村，过去常提到的荆中，指的是位于村子边的一个换乘路口，在那里可以换乘去周边村镇及相邻县区。我想对"荆中"的特别记忆，或许是因为我就读的高中校园里有荆轲墓，或许是因为《三国演义》中有荆州故事。过三原暮色渐至，夜景斑斓，几乎看不到以前的痕迹。过老柴油机厂入包茂高速，到西安已经灯火辉煌。

天水行

2009 年，我从兰州回西安，过天水时天刚刚亮。窗外秋雨霏霏，薄雾迷蒙，铁道旁绿意盎然，倒有几分江南风韵。2019 初，我从兰州回西安，中途到天水办事。出天水南站，我乘出租行程约半小时，到天水市秦州区解放路时已是傍晚。时值深冬，天冷一点都不次于兰州。几人随便吃点饭，便商议办事。

这次天水之行，使我与它结缘。这三年间，我常往复于天水与西安。每到天水，少则待一天，多则半月。在那里，我结识不少人，当地人居多。无论平民还是官员都为人和善，让我时常感念！

在西安，我常被问起天水有何美食。我不懂饮食，也就不注意。由于长期的面食习惯，每到一地总是寻找陕西味道，所以常不知如何回答。天水隶属甘肃，拉面随处可见。很多地方百步之内就有三四家面馆。每到饭点，店内满座，一碗拉面，一碟小菜，一个卤蛋，再加上一小碟牛肉片，那便是很丰盛了。拉面有汤面和干拌之分。面条分宽细，细分正常、二细、毛细三种。拉面不贵，普通九块，优质十三。普通和优质的区别在于优质中另外加几片牛肉。除了拉面外，是扁食和馄饨。扁食，无论从外形或馅和我们常说的饺子都没有差别。我觉得唯一的区别是比饺子稍微小一点。我在天水没有吃过饺子，不知道当地的饺子和扁食有多大差异，据当地人说，是比扁食大一些。天水的馄饨很有特色。我吃过的几乎都是牛肉馄饨，十几块钱一大碗，每个馄饨大如扁食，馅足味美。汤很有特色，大桶熬制，再加一勺油泼辣子，香味十足，辣味合适。吃完馄饨，喝几口馄饨汤，寒意尽散。那个酣畅，非三言两语能说清。

秦州西关有古城，西与伏羲庙一路之隔，东到澄源巷；北接成纪大道，南临解放路。从东到西步行，沿途经过南北走向的交通、崔家、三新、厚生、飞将等巷，全程需要大概二十分钟。城内巷口交错，飞檐叠迭。

汉将军李广府邸位于飞将巷口。进将军府，我步履轻缓，立正房阶下，仰望"飞将军府"牌匾肃然起敬。"但使龙城飞将在，不教胡马度阴山"的英魂犹在府院的角角落落。过将军府继续北行数十米，经将军庙门口到古城墙遗址。古城墙近乎东西走向，东高西低，西起启汉楼北侧，东北止于古城博物馆，墙高落差十余米。置身垛口，遥望远山落日，余晖浸染，想曹公"烈士暮年，壮心不已"！漫步城墙廊道，拾级而行，放眼古城灯火辉煌，遥拜诸葛先生。想先生城楼抚琴，气定神闲；居隆中，而知天下。叹"诚如是，则霸业可成，汉室可兴矣"的运筹帷幄。街亭变故，一人、一琴，退司马！何等气魄。

天水古槐众多，随处可见。在西关古城区，常去之处都有古槐，树龄最小的距今也有六百多年。树干粗大需要几人合抱，历近千年风雨，见历史更迭。古槐，春来迎风抽新枝，郁郁葱葱；秋去挥手别浮华，苍劲厚重。初见古槐，激情难抑，合影，以为不负之行。后听闻，古树有灵，唯恐言行不恭。再近古槐，不敢无间，伫立其下，久久不去。有人说，在古树旁待的时长了，晚上会做怪梦，也许没错。古树屹立千年，见闻世间诸事，有喜有悲。我想也许不会，古槐能经千年不去，我想定已淡看春花秋月，任尔东西南北，随即缘起缘灭。

2021年冬的一天，积雪几乎消尽。适逢下午无事，我和同事一起前往位于纪大道北侧的玉泉观游玩。出古城界，过成纪大道便到玉泉观游客中心广场。午后，阳光虽好，但寒意凛冽。我们一路拾阶而上到景区门口，沿途行百米少见游客。入景区沿右侧台阶上行，一路上少见道长，路遇几个工人师傅在忙，也不便打扰。到玉泉观顶部，几个人都累得走不动了，正想寻个地方休息。过了侧门，有一个廊亭，一位道长正坐在廊亭下晒太阳。我们过去和道长闲聊，得知他年已近六十五，身体大不如以前，准备再过一两年就要下山。聊及在此修行的生活问题，道长说，一是有协会供给，一是香客功德，另外每月有几百元补贴。虽然不多，不过也没有用钱的地方。说到香客，老人叹息，应防火管理要求，好几个殿都拉起警示围挡，室内断电，香客越来越少。告别道长，我们前行沿左侧台阶下山。正是夕阳晚照，漫天霞光，天水市区尽收眼底。

这三年，我往复两地，若驾车，每次必经街亭镇。街亭位于天水市东，归麦积区。从高速路上望去，街亭夹于山间，街区整齐，牌匾醒目时尚，是泡洗温泉、避暑纳凉的好去处。我第一次过街亭，情不自禁脱口而出："街亭！"以后，每过街亭无不慨叹街亭之战及先生隆中对："诚如是，则霸业可成，汉室可兴矣。"

珲

　　十月末下了一场雨，天气凉了。上午十一点多，我在整理资料。电话声响，看是珲的来电。珲说："哥，你在哪？"我回复在办公室。他说，没事的话，让出来一下，给我说个事。他的语气很平淡，我还以为是非纠葛类的事情，没在意。他突然哽咽地说，孩子在学校有事，让我赶紧上高速去孩子学校。"孩子出事了！"我不敢再想，匆匆下楼驱车前往。他的孩子在开发区一所很不错的中学读初三。从我这到那上高速要走四十多分钟。我一路疾驰，一路猜……由于下高速排队接受防疫检查耽搁时间，到学校整整走了一个小时。我不安地拨通了他的电话，他在不远处的停车位向我招手。我的心顿时放进了肚子！

　　他和妻子争着讲述事情的经过。珲的妻子说：孩子早上十点多打电话说不想上学了。她正想责备，孩子哭诉，老师针对她，侮辱她：在老师的语文课堂上，不仅是她，还有别的孩子在做其他作业。老师只把她的本子撕了，还让她站在一边，而只是批评其他孩子几句。老师说课堂上写别的作业，是对她的侮辱。她给老师解释自己没有侮辱老师。老师不但没有消气，反而火气更大，直接拽着她到班级办公室，指着她给其他老师说，以后都不要管她……离开老师办公室，孩子越想越委屈，便给他们打电话说不想活了，随即挂断电话。他们慌了，一边往学校赶，一边联系老师，请老师先帮忙寻找、安抚孩子。老师说孩子故意吓唬人，躲藏起来，她找不到。珲的妻子讲述时，珲不时地插话纠正妻子不能一味指责老师，孩子肯定有问题：女孩性格倔强，爱较真，从小就那样。我认识孩子有五六年了。当时我们一起去外地旅游。姑娘很好，开朗活泼，热情，乐于助人，遇事爱较真。她不高兴了，马上写在脸上。事情过去了，会瞬间云开雾散。

珲家门口有一所还算不错的一站式学校。孩子幼儿园、小学在那里上学。对于孩子初中是继续在那上，还是找一个好点的学校，他纠结好久。他最后下定决心，即使花再多的钱，也要让孩子受到更好的教育。临近毕业，他四处托人，得知有人能办理东郊一重点学校名额，说好的二十万保证入学。他放弃了片区学籍资格，东拼西凑交了钱，满以为可以松口气，静等入学报道。开学临近，周围的孩子陆续收到了报道通知，他坐不住了，催问孩子上学的事。办事人每次都是说过一天就好。他急得整夜睡不着觉。开学前一天，那人突然说办不成了。钱一时半会也退不了，孩子上学没有着落。他彻底慌了，恨不得把那人吃了。运气还算不是太差，终于另托人将孩子安排到了现在的学校。原想孩子在那能有一个好的开始，可是怎么也没有想到会遇见这样的事情。他慌乱得不知道该怎么化解，愁得他满嘴起泡。

孩子没事是万幸。他们先带孩子回家调整情绪。下午，他去找老师谈话：一是向老师道歉，二是请老师要不计前嫌，别放弃孩子的学习和教育。不到两点钟，他便到学校门口，给老师打电话，老师不接，发信息老师也不回。他手足无措，打电话问我该怎么办。这种情况我是第一次遇见，也没有好的办法，只好让他继续联系老师。快到下午放学，老师回信息说，让他回，孩子调整好了第二天就去上学。他还是不放心，坚持要与老师见面。一直等到学校门口没有了行人，才悻悻离去。

第二天是"十月一"，他清早将孩子送到学校门口，反复叮咛孩子到了学校先去给老师赔个不是。孩子进了校门，他驱车前往百里之外的老家上坟。刚下高速路，电话响了，是老师打来了。他虔诚地接通电话："您好！"还没说完，电话里传来倒竹筒般诘难："你们把学校当自由市场了，想走就走，想来就来，让你娃退学吧。"老师发泄完直接掐断电话，他来不及解释一句。坟是上不成了，他调转车头，火急火燎地往回赶。一个小时后到了学校门口，给老师打电话，又是无人接听，发信息没人回。十点多，课间休息，他看见女儿下来买东西，赶紧跑过去责问孩子为什么没去给老师道歉。孩子说自己去了，当时老师在忙，她就先回了教室。他再次叮嘱孩子，现在就去给老师道歉。老师忙就站那等，什么时候道完歉，什么时候再去教室。见到孩子后，他心情好了很多。孩子还是那样一副没心没肝的样子，让他哭笑不得。然而，他还是不敢回家，一定要亲自见老师才能踏实。孩子初三了，他害怕孩子情绪波动，更害怕老师不再管自己孩子。天黑了，大门内的路灯一盏盏相继亮起，他收到了老师的回信："就这样了，你回去吧！"

珲是个农村孩子，初中毕业后出来打工。这些年里，他在工地上当过小工，搬砖、活灰的活都干过。后来，他慢慢地搞劳务承包，现在算是在城里扎住根，有房有车。他最大的遗憾是自己没念成书，吃尽了苦头。现在就想让孩子多念书，不再走自己的老路。这些年里，他忙于生活，对孩子学习、教育疏于管理，再说自己也不知道怎样管教孩子。遇到这样的事情，一点头绪都没有。他不无愧疚地说：自己对不起孩子，只要是为了孩子，让他做什么都行，哪怕是那不名一文的面子。

春寒

20世纪80年代末期，"让一部分人先富起来"像高效酵母，让那些思想活络的人躁动了。农村的集贸市场在一夜之间沸腾了，街道两边物品种类繁多，琳琅满目，牛仔裤、健美裤等新潮的东西，应有尽有。当时，电子表是稀罕物件，更是一种时髦的标志。健美裤不仅价格合适，有弹性更能展现躯体的线条，很快在年轻女人中风靡开来。还没等上点年纪的人脑子转过弯来，卡拉OK已经悄然兴起。静寂的乡村夜晚突然间不再单调，当夜幕刚刚拉下，那些喜爱热闹的男男女女便草草收拾完家里的活计，踩着轻快的脚步地奔向霓虹闪烁的简陋舞厅，释放青春的活力。

农村的舞厅非常简陋。一块空地，一顶彩棚，一盏霓虹灯球，一台录音机，条件好点的场地有功放机。在那气氛浓烈的场畔，传统的认知被强劲或缠绵的乐曲扔到十万八千里之外。那些激扬或缠绵的舞曲让他们激情澎湃，乡村舞厅似乎抹平了城乡间的沟壑。尽管大部分老脑筋依然看不惯，无可奈何之外，并预言迟早要闹出丑事。不管老脑筋如何看不惯，也不能影响激情的脚步，反而落得：假正经、顽固派、咸吃萝卜淡操心的嘲弄。在农村能搞舞厅的人不是一般人，不是思想活泛，就是不拘泥陈规。他们根本不在乎村里人的看法。

多少年后，当我走进城市，才发现农村的舞厅和闹市区的舞厅相比简直不值一提。闹市区的舞厅招牌醒目，霓虹闪烁，门庭若市，居住在周边的市民每天目睹着那里的繁荣。他们和相关单位隔街相望，依然相安无事。出入那里的人，有青年、中年，还有老年人，出出进进神色坦然。如果不是亲眼看到他们行迹，换个地方相遇，你绝对不会想到他们会热衷于那些地方。比起这些居于闹市的群众舞厅，一些街道两边的美发厅更显坦然。它们排列在街道的两侧，两扇玻璃推拉门上张贴着充满诱惑、神态张扬的画报，玻璃门里光色迷离。

风靡几年后的农村舞厅逐渐消停了。起初的激情慢慢褪去，该乱的已经乱了，该散的也散了，也见怪不怪了。

在经济大潮的影响下，长期以农耕为生的村民憧憬外面的天地，开始蠢蠢欲动。他们怀揣梦想，穿戴着家里最好的衣服，告别朝夕相处的家人带着简单的行李走出村子。那份近乎豪迈的神情，足以让整个家庭为之满怀希望。然而，当真的踏上陌生的土地，那份恐慌、无助和不安却一直伴随着他们。在出门前，他们在贴身的衣服上封了小布兜，将携带的生活费装在里面。尽管如此，他们还是不放心，在人多的地方倍加小心，不由自主地担心钱掉了，时不时地摸一下，或者瞥眼看看。正是他们的小心，常常给那些扒手提示装钱的地方，丢钱的事常常发生。

乡里有集市，在农历的一、三、七。赶集是乡下人的一项重大的活动。集市从南到北有四五百米，西坡下牛羊市。每逢集市街上人头攒动，叫卖声此起彼伏，讨价还价声忽高忽低。若是熟人相见，免不了拉手寒暄，甚是热闹！这样的场合是小偷活动最为猖獗的地方，每逢集市都有不少人丢钱丢物。小偷猖狂至极，甚至到了明抢地步：若是发现小偷行窃，转身走开便安然无恙；若是声张斥责，定会遭到围殴。村民敢怒不敢言，只好小心翼翼。

堂兄曾发誓不外出务工，很大程度应该是被偷所致。我一直纳闷，这么多年，好多人在城市打工赚了钱，而堂兄一直守在家里侍弄田地，农闲了在村子周围干活。一次和堂哥闲聊，我问及此事。他讲述曾经的打工经历。20世纪80年代末，他出过一次门，在田王一个工地干活。在那里，工头根本不把他们当人，一天起早贪黑，吃的饭食更是不能说，被无辜责骂是家常便饭。他干了不到一个月，工钱没结，便离开回家。在去车站的路上装在内衣兜里的钱不知道什么时候被贼偷了。他饿着肚子，背着被褥走了近百里路回家，已是月上枝头。从那以后，他发誓再也不去城市打工。

那时的乱象，现在想起来匪夷所思。小偷毕竟可防，而客运之乱尤为显著。无论是从乡镇到县城，还是从县城到市区，公共汽车的经营者简直到了无法无天的地步。每一辆车上除了驾驶员、售票员，还配有数目不等的专业拉客的。他们都是一些当地的闲杂人员，有男有女，留着染得花哨的长发，衣着像录像片里的古惑仔，如鬼魅一样在街道游荡。看着像是要坐车的人，一拥而上，拉的拉，推的推，行李也早被人拎到车上。若是遇见性子硬的，少不了拳脚相加，最后还是被架上车。即使你十万火急的事，他们也不按点发车。只要车厢还能落脚，便一圈一圈地在街道上转，拉人上车。据说，汽车拉客得以整治，功在县里的一位副县长。一天早上副县长晨练，被转街的车盯上，强行扭推上车拉到市区。当天早上，副县长应主持一个重要会议，到开会时间副县长没到，也不知去向。那时大概是90年代末。这种境况，不仅县城，市区的东南西北客运站也是如此。每次乘车都有如临大敌的感觉。2000年暑期，我出差去浏阳，在湖南长沙汽车站，看到同样场景，顿时释然！

在三原租住的院子

　　我在三原工作时，租住在正街背后的一户人家。房子有小院，大门两侧各有一间厢房，大门右侧是厨房，左侧是客房。院子入深十余米，正房是三间两层。一楼三间是主家起居室，二楼是相连的三间单间，类似单位的职工宿舍，用来对外出租。我租住在二楼最左边稍大一点的那间。房子二楼有行走露台，闲暇之时，我常站在二楼远眺，目光尽处是约五十米外的丹尼尔商城。据说丹尼尔商城是原来的宴友思食品厂的厂房地，商城开业场面非常宏大。我刚到三原时，偌大的商城冷冷清清，仅有几家开门。商城中间有一条街道，穿过街道，过一片面积约三四分的菜地便到了我租住的房子。

　　房东阿姨五十多岁，身高一米六，人特别干净利落。她家的房子虽然盖起已有年限，但被阿姨日常打理得干干净净。据阿姨讲，以前，房子前面包括商城一排都是菜地。她和丈夫靠种菜生活。那些年，当地有很多大企业，企业效益好，职工消费也不错。他们两口每天天不亮下地出菜，然后推着车子转厂区售卖，不到中午一车菜就卖完了，每年种菜的收入非常可观。日子虽然不算富有，倒也殷实。后来他们翻改房子，憋在心里的气总算可以长出一口。可是没过几年丈夫因病过世，留下她和几个尚未成人的孩子。她不服输，一个人继续种菜卖菜，拉扯着几个孩子过日子。前些年，地被征收，也彻底没事干了。还好，几个孩子都大了，除了最小的外都有了自己的家庭。日子过得还算不错，就是总闲不下来。闲了就会想起和丈夫一起奋斗的日子。每到除夕，外面爆竹声起，她将自己关在房子咬着嘴唇低声啜泣。

阿姨的院子有我和老王两个租户。老王租住在大门口的客房。老王是陵前塬上人，塬上地平好耕作，除了种收平时基本没有什么活计。他有一儿一女，在村子附近上学，平日里有妻子照顾。农闲时他出来蹬车，农忙了回去打理庄稼。

我习惯叫他老王，其实他的年龄不大，也就是四十出头，一米六五左右，国字脸，庄稼人的微黑肤色。人不胖，但看着很壮实。县城不是很大，在城区蹬三轮车拉客，基本是一元到站。一天下来能赚二三十块。他很节约，到了饭点回到屋子自己做饭吃，很少舍得在外面饭馆吃。除非到点累得实在不想动了，才舍得花七八块钱吃碗油泼面。他很乐观，每次见他都是笑呵呵的。房子收拾得干净整洁，特别是床铺，几乎还保留着当兵时的习惯，被子叠得有棱有角。一身老式黄军服穿得整整齐齐，站在那里身板笔直。有时回房子我们正好遇见，就闲聊一会。他给我讲他在部队的事情，讲驻地的风土民情，讲蹬车的事情。

他当的是武警消防兵。一次半夜突发火情，接到命令，他来不及穿好衣服就上了消防车出警。人着急，车开得也急，到了现场，他惊呆了。几年里没见过那么大的火势，稍一分神，车子就冲到火场最前沿。待他反应过来，也不能再倒车，也忘记了自己还只是穿着大短裤，下车就投入到灭火的战斗中。火灭了，大家集合，他跑上车不敢下来。也许是在给我说时，忆起了当时的场景，他的笑容有些腼腆。那场灭火他们全体受到了嘉奖，他立了个人三等功。后来，采访他时问他当时是怎么想的，在那么危险的情况下，不顾及个人安危将水车移到离火那么近的地方。他说自己嘴张半天都不知道怎么说。还好他是班长，经常带大家学习，有些话还是能出口成章的。

他很知足。一儿一女，按照传统观念他是完满的，儿女双全，况且孩子都很懂事。他觉得过日子平淡就好，家里的地基本上可以维持正常的开销和生活。自己再蹬车赚点孩子学费和零花钱就已经很安逸了。再说，现在城里蹬三轮车的不仅是他，大部分都是附近几个大厂的下岗职工，有汽标、陕柴、宏原等。说起这些厂子，老王感慨万千。当时能在那些企业工作是值得骄傲的事。厂子职工根本看不上现在的事业单位。多少人挤破头也进不了那些厂子，才退而求其次到了事业单位。这才几年时间，一句话，说破产就破产了。反而，当时看不上的那些单位现在成了香饽饽。说这些时，老王没有了平时习惯性的笑容，倒显得有些凝重。

一晃快二十年过去了，春节将至，想起曾经租住的院子，还有房东阿姨，蹬车的老王大哥，不知道他们都还好吗，祝愿他们健康快乐！

爆竹声中除旧岁

那天傍晚，我和妻子在外面，女儿来电话了。妻子接通电话，传来女儿惊呼般的声音，"妈妈，我给你说个事情！"我也听到了，紧张得心顿时揪在一起。女儿说："我们放假了，明天就可以回家了！你和爸爸明天就来接我吧。"女儿的心已经飞回了家，一刻也等不及了。女儿连珠炮般地给妻子倾倒她的兴奋。我和妻子相视一笑，嗔怪女儿都这么大了，怎么说话还是大喘气，把我们都吓了一跳。

女儿长这么大，第一次离家上学。我们一直担心孩子独立生活的能力。令我们欣慰的是女儿比我们我想象的强得多。因为疫情，今年学生离校的时间早于往年。虽然回家，但需在家继续上网课。我和妻子依然早出晚归，只有晚上才能和女儿在一起。

元旦前几天，有人燃起新年的鞭炮。每当炮声乍起，便勾起我对年的记忆。现在已经记不清是哪年开始禁炮了。2002年前后，西安没有禁止放炮。除夕夜晚，爆竹声声，此起彼伏，你想打个电话都非常费劲，索性也就不打电话，让自己完全沉浸在年的氛围里，听炮声，看院子里的孩子们奔跑嬉闹，燃放爆竹。禁放鞭炮后，年少了味道，变得含蓄冷清。

我小时，年的味道很浓。腊月，各家各户开始准备过年的事情；打扫清洗，赶集置办年货，做豆腐，蒸年馍。孩子欣喜，可以尽情玩，一起疯跑、打包子、滚铁环，还可以陪着大人一起准备过年的事情，期待穿新衣，燃放爆竹。燃放爆竹是男孩子的最爱，买爆竹也成了男孩子最为期待和渴望的事情。腊月，每逢集市，男孩子总是想方设法跟着大人赶集，缠磨父母给他们买炮，总想跟着多赶几次集，家里人就能多给买些。那时，炮的种类不是太多，除了常规的鞭炮外，就是几种单炮。单炮有大红炮、双响炮，以及盒装的摔炮，再到后来有了火箭炮，我们习惯叫它"出火带炮"。大红炮，有食指粗细，两寸多长，大红的炮身，燃放时声音比单个鞭炮大；双响炮大概是大红炮的两倍长，燃放时，最下端一个先响，随即升到半空后再次炸响，我们习惯称它为双响炮。火箭炮，它是在一根长约二十厘米的细竹签的顶端固定了一个比大红炮稍细一点的炮，火眼在炮的下端。燃放时，手指轻轻地捏住竹签下端，点燃炮眼，随着导火线嗞嗞燃尽，开始向下喷火，这时爆竹开始升空，随着一声长哨过后，爆竹在空中炸响。鞭炮基本都是单头数量不大的，常见的有一百头、二百头、五百到一千的多头鞭。一般家庭都不会买太多，一百头的买上两到三挂，多炮头的买上一到两挂。放炮是有规矩的，三十吃年饭时，要燃放鞭炮接先人回家；初一下午送神时要燃放鞭炮。无论是三十接神还是初一送神，家境好的会燃放一百头的整鞭，一般的会拆几个鞭炮燃放。大年初一早上要放炮，是一年中最重要的一次，炮要放的最多，放得最早，更要比谁家放的炮仗响亮。初一放炮最为讲究，先洗漱，再点蜡焚香祭拜先祖，然后燃放鞭炮。炮放完了，开始吃饺子。

吃完饺子，我们这些男孩子身上像是生满虱子一样坐卧不宁，急切地等着天亮。待窗户刚刚透进亮光，便迫不及待地在场畔里殷红的炮纸间寻找没有炸响的炮仗。一般收获不会太小，会找到一大把还留有一小节炮眼和好多没有炮眼的哑炮。我们将它们分类存放，有炮眼的装在衣兜里，想起来时，点一个扔到半空，在炮仗炸响的瞬间，快乐是满满的。没有炮眼的，我们将炮皮拨开，把里面的火药收集在一个小瓶子里，装在用自行车链条做成的枪里打枪，或者倒一点在门口的石头上点燃，看火药燃后的光亮和嗤嗤的声响。上高中后，我对炮仗的兴趣淡了，除大年初一需要放炮外，再也没有了儿时对炮仗的热情。过年似乎是一件稀松平常的事情，少了那份儿时的期盼。女儿从小对炮仗没有太大热情。禁炮前，除夕晚上，我会带女儿在院子看其他孩子燃放爆竹。

女儿回家后，我和妻子上班，女儿一个人在家上课，只有晚上一家人才能坐在一起。元旦放假前，女儿说想回老家转转，再顺便放点烟花。天公作美，元旦期间天气一直不错。带一家人回老家，我买了几堆烟花，几个炮堆。等夕阳没过山头，我们没事干，这扫扫，那铲铲。女儿一个人百无聊赖，拉一把椅子半躺着晒太阳。下午六点多点，太阳终于压过山梁，可以燃放花火。放了两堆烟花，女儿就不想再放了。女儿说拍了烟花在空中散开的照片就好了。这次是女儿第二次燃放烟火。第一次是三年前的春节，我们专门回到老家，在门口宽敞的场畔放烟花。女儿和外甥一起观看燃放，他们都很开心。伴随着炮仗炸响，烟花飞绽，他们惊呼雀跃，似乎忘记了村子夜晚的寒凉和静寂。

前几天傍晚，窗外爆竹声起，我给女儿说，待过年那天天气好了，有空了，我再带女儿回农村燃放爆竹。女儿不想去，说上次已经放过了。女儿大了，没有我儿时燃放鞭炮的乐趣。女儿一直对炮仗都没有太大的兴趣，但我还是想抽空带孩子去放放鞭炮，那样才有年的味道。

上油锅

临近兔年春节能让人感到有年味的事情很多。对于我们这些 70 后的人来说，能感受到年味的事情很多，譬如，打扫卫生、做豆腐、蒸馍、上油锅、新衣服、鞭炮等等，我对上油锅尤其感触深。

我母亲是陕南人。无论是儿时，还是这几十年，我都觉得陕南人在饮食上比起关中地区，特别是关中岭区的地方，更为讲究。1985 年春节，那年是我们家第一次过年上油锅。那时刚散社两年多，村里人的生活已有很大改观。除手头拮据、油料依然匮乏外，吃饱饭已没有困难。我们那里虽然地不少，但都是坡地，耕作条件差，全凭牛拉人扛。在散社后的十几年里，主要还是种植小麦和玉米，很少有种油料类作物，蔬菜更是少有人种。各家日常的食用油基本上都是在乡供销社购买。散社后的几年里，买油不仅需要花钱，还需要油票。这两样都很稀缺，不少家庭做饭用油如现在烹饪时添加调料一样。据老人讲，当时村子好几户人家做饭，常年都是用一根筷子在油瓶里蘸一下，再滴到锅底。

1985 年，那年地里收成不错。腊月，我们家和村子人家一样张罗过年的事情：扫屋漫墙，压面，做豆腐、蒸馍。我们家蒸完馍还有剩一些发面。母亲便提议给我们炸一些她们老家过年时做的好吃的。母亲说完，我们帮母亲张罗。母亲揉面，擀面，切萝卜、豆腐调馅。我跑出跑进抱柴火，准备烧锅。待一切准备停当，母亲突然想起油还没解冻了，忙喊姐姐将油瓶放在蜂窝煤炉面板上加热。我们帮母亲翻绕面叶，听母亲讲老家过年的事情。突然一声脆响，油瓶底子炸响开裂。母亲最先回过神，一个箭步冲过去捡起跌落的油瓶，黄澄澄的菜油在地面漫开，泪水涌出眼眶，哽咽懊悔不已。我们愣在那里，茫然地看着地面的菜油和母亲扑簌簌滴落的泪水。缓过神，姐姐哇的一声也哭了。母亲止住哭泣，把姐姐揽进怀，拭去姐姐不断涌出的泪珠，坚定地说继续。她回身从案底下拿出两瓶菜油交给姐姐。母亲那坚定中透着几分倔强的神情我现在还能记得。那年，我们家第一次上油锅，炸面叶、菜饺、萝卜丸子，还有红薯片。从那年以后，母亲几乎每年都会给我们炸吃的，只是在灾后重建那年我们家没有上油锅。

　　这几年村子里人日子好了。好多人家除种植小麦玉米外，还种油菜、芝麻等油料作物。村里人日常在商超购买商品油以外，常会在集市的油坊压榨油品，有菜籽油、核桃油、芝麻油，但更多的还是菜籽油。我们岭区人吃菜籽油由来已久，习惯菜籽油的味道。这些年，尽管家里不缺食用油，每到菜籽收获时节，总想着搞些菜籽去榨油。自己压榨的菜油香味浓郁，唯一不足的是油烟稍微大些，但我还是喜欢菜籽油，更热衷每年去榨油。

供奉之事

　　我们结婚的第二年暑期，妻子带亲戚逛八仙庵。当天，我下班回家，妻子打开门，堵着我，让猜一会儿有一件特别重大的事情，必须由我亲自完成。我猜想会是多么重大的事情，她都说不对。索性不让我猜，催我去洗手。待我再回到客厅，她指着电视柜上，盖着一块红布的物品说，那是她在八仙庵请的观音菩萨和财神爷及香炉。她请回来了，上供台必须由我来。那时妻子年龄不大，对这些没有太多的认知，听几个年长的亲戚说：我做生意，在家里供奉这些好。她便毫不犹豫就请了回来。我们环视客厅，最终选定客厅博古架正中间一块较大的空格。按照几位老人的指导，妻子搭手把红布铺在台板上。我小心翼翼地双手捧起，万分虔诚地将观世音菩萨像和财神像并排摆放在红布上，再在它们面前一一摆放香炉，燃香叩拜！

　　我们经常忘记祭拜的事情。父母到西安居住后，祭拜成了母亲的事情。母亲是一位地道的农民，没有完整地念完一个学期的书，仅仅断断续续念了一个学期的"猫逮老鼠"。那是她到目前最为遗憾的事情。到现在我也不知道"猫逮老鼠"的意思。早年，她还认识一些常见的字。即使在全面扫盲那阵，都没有难住过她。现在，她的年龄大了，原来认识的那些字基本忘得差不多了，手抖得几乎写不了一个完整的字。离开村子前，母亲侍弄家里的责任田。她一直坚信人只要不懒，肯干，能干，日子一定能过好；人只要勤快，不认输，就一定会成功。直到现在，她还常给我们讲，离地三尺有神灵，人不要做坏事、恶事。否则，总会遭到报应。她性格执拗，但并不妨碍她的热心和善良。

逢初一、十五，母亲比平时都要早起，净手焚香叩拜，祈祷它们佑护我们，近二十年几乎没有间断。母亲很虔诚，祭拜用香从不乱买，每次都是她步行到大兴善寺门口的室内香纸店请。即使大兴善寺外面摊点的香，她也不要。几年前，与母亲聊家常，问起她忌口之事。母亲兴致很高。她当姑娘的时候，没有任何忌口，而且非常喜欢吃肉。她谈到大肉的烹饪方法更是兴致盎然：怎么做味道鲜美，肉质肥而不腻，廋而不柴；如何腌制存放，久而不腐。听母亲娓娓道来，似乎身临其境体验美味。她之所以忌口，缘于四十多年前的一个梦。梦里一位神劝她忌口。从此以后，再闻到荤腥味，她都反胃恶心，严重时头晕乏力，再后来即使大葱都不能食用。若不慎食用大葱，定会在很短的时间里感到手心隐痛无力。她信奉神灵，是发自内心的虔诚。

村里人若信奉神灵，笼统地将佛教中的菩萨、长老及其他未知的可以佑护的通称作神，或者爷。如常说的，老天爷、灶王爷、土地爷、财神爷等等可以寄托希望，祈求佑护的都尊称神或者爷。那天说起敬神，我们才突然顿悟，将观音和财神供奉在同一平台上似乎不妥。按照溯源，观世音属于佛，财神赵公明属于道家。赵公明是我们习惯认知里的正财神，观音菩萨跟前应该是善财童子。母亲听后，赶紧起身合手作揖，念叨"不知不怪"，待到祭拜日，焚香后分位供奉。为此，我因为无知而致的不敬懊悔良久。我常外出，会方便之时去一些城市和景点的庙宇。每过庙宇，即使不进去，我也站立门口或鞠躬，或行注目礼，以示敬畏！常会焚香叩拜，但几乎很少许愿。我听说，若是许愿，就必须还愿。偶尔几次也是含糊其辞。每想许愿，就冒出很多念头，怕神灵责备贪念太重。

癸卯兔年的春节年味很浓，是三年来，应该是近十年里最为传统热闹的一个春节。城区自元旦伊始，年的大幕渐渐拉开，炮仗声几乎没有间断。兔年除夕，暮色刚至，炮仗声声，烟花绽放，远近夜空七彩缤纷，夜幕绚烂如画。初一早，喧闹一夜的街道冷冷清清，天很凉，没有昨晚预想的雾霾。天很高，东边朝阳渐起与蓝天相映。我们和母亲步行去大兴善寺。下天桥是大兴善寺西街东口，街道已经管制，行人熙熙攘攘。街道北侧售卖香裱的摊点一个挨着一个，西行百余米到大兴善寺。走进寺门，香客摩肩接踵，排队蜗行。我和妻子遵照母亲的习惯在大门西侧的香裱店请了高香和一大把全福香，从西侧入口进入。顺时针行进焚香揖拜，到大雄宝殿。人头攒动，殿前原来的大型香炉已经撤走。东边一角有一方用红砖临时垒砌的方形台，台内火红一片，火焰高有一米之余，呼呼作响。两米之外，炙热难耐。我忍着烘烤斜着身子，在火堆上点燃香，双手捧起，向东、南、西、北揖拜，然后双手捧香掷于台内火堆。过大雄宝殿到后院，两侧有两米多长的亭子，各分几级阁层，分别摆放香客供奉的莲花灯、红烛之类。亭前香客更是拥挤，我排队在灯上点香，找了一个可以转身的空地，面向东侧的文殊菩萨殿双手执香揖拜，依次向南、西、北还愿。完毕，驻足在人流中寻找妻儿，旁边香客执香环顾寻找空地，一不留神香头戳到胳膊，慌乱说"对不起，恭喜发财"。火柴，火财，大吉大利！

沿着进去的方向，顺时针行至东侧，新殿周围众善男信女依次排队拨动转经筒祈福。这应该是藏传佛教的殿。去年在天水麦积山的仙人崖景区，我们在导游大姐带领下游览仙人崖。大姐六十有余，原是旅游局职工，一直从事导游讲解工作，虽已退休，但还是习惯每天爬山讲解，倒是不太在意每天能收入多少。我们从景区广场拾级而上，大姐边走边讲沿途的林木和野生药材。我们一个个累得气喘吁吁，而她呼吸平缓，行走如履平地。她并不像有些景区的导游那么着急，我们走不动了，她就等会，讲起每一种树木、草药都一丝不苟。到崖下景区，她首先讲述三教殿的修建和供奉，等等，特别认真。现在，我能记起的只剩下所谓三教，指的儒释道三教，里面供奉孔子、释迦摩尼和老子。

种洋芋

　　癸卯年春节正月初七，五九第二天，气温回升，天气已经明显好转。兔年春节是近三年来最冷的，进入四九气温急剧下降，北岭的气温最低降到零下十五摄氏度，冷得让人措手不及。前两年春节，冬天似乎已经接近尾声。我们趁假期清闲，回到村子呆一两天，整整房子旁边的地，种洋芋、青菜等。

　　我从小就喜欢在地里捣弄。现在常能记起以前种收的场景，像生产队集体刨、分红苕的场景依然清晰。在北岭，习惯种植小麦、玉米、红薯、洋芋及一些豆类作物，其中洋芋可以当作口粮。按说生产队时应该有种，但我却始终找不到散社以前种收洋芋的记忆。散社后，埋种洋芋应是村里人开春后的一项重要农事。洋芋种植简单，管理粗放，适应性好，在土质厚、采光好的地块就能很好生长。洋芋生长期短，产量也不低，一般到夏末基本就可以食用，直吃到来年播种前后。村里用来种洋芋的地很少，最大的面积也不超过五十平方米，有种在承包地的边角，有种在地头的边角或者塄畔上，也有种在山坡间的小块荒地里。洋芋既可做主食，也可以当菜就饭，烧洋芋拌汤、洋芋汤面，炒洋芋丝卷煎饼都是美味。

村里埋种洋芋大概在四月前后，那时天很暖和。洋芋地是年前就整好的。种洋芋不需要特意留种。冬季，村里人将洋芋埋在土里越冬。播种时刨出，根据芽位分布切成两到三个带有芽点的小块，拌灶膛里的草木灰后，晾晒少许时间即可下播。窝距一般横纵间隔三十厘米，根据芽块健壮程度，每一窝放置一到两个芽快，细作的在盖土前覆上渥堆发酵后的牛羊粪。洋芋破土出苗后，几天不留意，肥嘟嘟的叶片随意伸展又整齐地排列在地面，装扮着铺满茵茵野草的田野，还有成片成片挺拔得如剑如矛的麦田，把春的大地描画得色彩斑斓。在家时，春播总是让我期待。无论是种瓜点豆，还是种用以解馋的向日葵，我都乐此不疲。即使如今，一旦有闲暇，我就总想往村里跑。每次回去都是把自己忙得晕头转向，从进家门到离开没有停歇，但是好像什么事情都没有干。

北岭天凉，洋芋在储存中几乎没出芽的，但有失水发黑的现象。即使那样人们也不舍得扔掉，现在还能记起外婆将失水发黑的洋芋煮在拌汤里食用的场景。洋芋耐放，我还是习惯买洋芋，特别是这三年里，每次都买的多。城里暖和，洋芋常会出芽。最近几年，才知道出芽的洋芋有毒，便劝母亲扔掉出芽的洋芋。她不舍得，掰掉芽头削皮继续吃。我们偷着扔了几次，她知道后埋怨我们不知道节俭，惹得她生气。她一边数落，一边讲以前挨饿受罪的事情，浪费粮食是造孽，弄得我们左右不是，最后只好想出种洋芋的办法。母亲欣然接受将发芽的洋芋放在一起，待春节时带回老家埋种。

前两年春节气温高，尽管如此，春节种洋芋还是有些早，还好地温不太低，不会持续上冷。第一年种在房子东边地里的洋芋，覆盖前施复合肥，满以为到时可以丰收，但临近出苗，让野猪祸害拱得满地狼藉，余下的一两窝后来出苗，我也没有打理的兴致。第二年种在院子西边的一小片空地，施过期的面粉，地暖后全部出苗。由于周围树木遮蔽，长势一直不好，我也没了打理的兴趣，任由生长。当年九月份，地面再次萌发洋芋幼苗。今年家里又有一大兜生芽的洋芋，我几次都想偷偷扔掉算了，最后还是忍住。直到初七，天气好些，我们带着孩子一起回家种洋芋。

回到村里已是下午三点，太阳很好，天高云淡，微风之中依然寒意料峭。我们放下行李便开始准备播种洋芋。女儿兴致很高，一直抢着干活。切块拌灰，一切准备就绪。我挖坑，女儿放种块。岭上年前下过大雪，地墒很好。地面解冻，土壤依然冻结，挖起的土块布满晶莹的冰点，挖坑很费劲。女儿没干过农活，笑我年长无力，挖的坑不够大、不够深，嚷嚷着要换我。妻子忙完别的，跑到跟前，笑我父女两人。

今年春节天寒，不知道埋下的洋芋会不会受冻，是否还会像往年一样没有收获。这已经不重要了，种下就好！

卖废品

春节前，母亲将家里的纸箱、旧书以及瓶子等都分类捆绑。节前忙，未能送到废品收购站去卖。直到正月十五，我才和侄儿一起用拉车送到废品站。一趟下来近八里，天不热，我后背已经湿了。

我们小区门口常有人收废品，母亲一般不会交给他们，待积攒多了，送到稍远一些的回收站，可以多卖点钱。这些年，我在工地捡过纸箱，也在单位收集一些将被扔弃的厂家宣传册。那时，我常去工地，刚拆开的包装箱干净，便直接塞进车子后备箱。每次，我给母亲打电话说在工地给她捡了一些纸箱，不等到院子，她就拉着购物小车等在那里。当我们卸下纸箱时，母亲满脸笑容。几天后，她一定会打电话给我说，那些纸箱卖了几块钱。偶尔单位扔弃纸箱，我也会挑上一两个专门给她送回去。

母亲收拾家里日常的废旧物品，从到西安后没有间断过。家里的纸箱、瓶子都被她收集起来，不允许随垃圾一起扔。我阳台的一角自然地就成为她堆放废弃物的地方。城里的房子不像农村那样宽敞，门前后屋都可以随意堆放。我时常会念叨那样不好，母亲开始不接话，依然不舍得将一些废弃物扔掉。我念叨得多了，她便说那些都是自己家里的，又不是从外面捡回来的，我也就不再坚持。女儿三岁时，一次下班回家，我刚将剩余的半瓶水喝完，女儿随手将瓶子接过去，放到地板上，踩扁再拧上盖子，动作连贯娴熟让我忍俊不禁。

开始那些年，我工作情况不好，回到家每次看到堆积在阳台的废旧物品不由得心情抑郁，烦躁不安。自责走到今天，自己很失败，没有让母亲有足够安全感。这一度曾让我几乎失去生活的信心。一个周末，我和母亲为废旧物品意见分歧。母亲随即一边收拾阳台的纸箱，一边絮叨流泪。我逃离般地出了家门，挤上开往火车站的公交，随便买了一趟去武汉的硬座车票。

待坐上车，看着渐渐远去的西安，心里有种说不出的难受。近三十岁的人，活得失败至极。起伏连绵的山坡、田野与陌生又熟悉的村落从眼前迅速滑过，回忆自己二十来年的生活，心中五味杂陈。早晨临近武昌，心情渐渐平复，又担心起家里。我到原单位办理完档案手续无心停歇，在武昌站附近草草吃完饭，登上返回西安的火车。车过郑州，我在一节较空的车厢找了一个空椅子，蜷缩着睡着了。醒来窗外朦胧，揉揉惺忪的眼睛看窗外车已入潼关，行驶在华山脚下。

"父母依然辛劳，我们长大的意义何在？"每当想起这句话，总会有片刻的愣怔。我不再劝母亲放弃收拾废旧物品，只要她开心就好。或许是得到默许，母亲更是上心，即使小到手掌大小的药盒，她也不肯扔掉。尽管我不再那么反对，但还是不希望那样。我瞅着机会，就想办法劝导她。一次适逢暑期高温，我趁机劝说母亲，天热多雨，空气潮湿，在阳台堆放那些东西，不仅显得房间凌乱闷热，而且不便打扫卫生。母亲听后欣然接受，我更是自喜得逞。我下班回家，母亲很开心，不等我洗漱完毕，便讲卖废品的事情，脸颊依然残留着午后暑热的印记。

孩子上学，我们和老人不再住一个地方。常网购，有一些纸箱，我们将好点的留下来，顺路给母亲送过去。每次，母亲都非常开心，接过纸箱，赞说这是给她最好的东西，比给她钱都开心。若是一段时间没有送，她就问怎么最近没把纸箱给她。妻子撒谎说最近没有网购。她不再追问，自言自语：收拾自家的东西不丢人，又不像其他老人在外面垃圾里箱翻找东西。后来，她知道回收站收废旧衣服，便叮嘱我们将不穿的废旧衣服给她拿过去。总之，只要是家里要扔的，能卖钱的物品，大到纸箱书本，小到换掉的接头螺帽她都会收集在一起。

前几天，我陪母亲散步。一路上母亲给我讲这说那，不知不觉她拐到收拾废旧物品上。她说自己收拾的都是自己家的东西，又没有在外面捡拾……以前的日子苦，现在虽然好了，但过日子，不能只看到脚面吃了这顿不顾下顿。在村子时，地里活重，一顿吃不饱就撑不下来。她自谦坏毛病多，没盐的饭难以下咽。有一回眼看着盐罐子要见底了，他让父亲买盐，愣是等了好几天父亲才从供销社赊欠回来。那时一袋食盐一毛五分钱。母亲勤俭，不乱花钱，但一点都不小气。我们给她钱还得好话说半天才勉强接受。她自己卖废品收入一分钱都比我们给她一百元开心，她觉得那是她自己劳动所得。

那天，捆绑完物品，她不让我去，要侄儿帮她去就行。我知道她怕我觉得难堪，丢人。搬下楼，我已经出汗，走到车前，想将捆绑好的纸箱塞进车里拉过去卖，想想还是算了。现在，母亲年过七十，腿脚明显不如前些年，但勤俭的习惯依然。我们只好顺着她，有机会便帮她收拾废旧物品，这样母亲开心。勤俭是好事，成由勤俭败由奢！

土气

　　我虽然现在居住在城市，但不喜欢城市，常常会感到无所适从。我喜欢农村，包括那泥土的气味。那气味让我感到实实在在的踏实。我喜欢记述乡土的书籍，在那里我能看到熟悉的人和事。这是我反复读费孝通先生的《乡土中国》的原因。当初买它，也仅仅是因为"乡土"两个字。

　　先生在《乡土本色》中写道：依靠土地谋生的乡下人，明白泥土的珍贵。城市人或许会以土气藐视乡下人，但是在乡下"土"是他们的命根。乡下人钟爱土地，离不开土地，无论是主动或者被动的迁徙，无论最后落脚何处，还是离不开土地。即使到了水草丰美的地方，他们依然会开垦土地，甚至是到了寒冷的西伯利亚，依然试图能种出点什么。这是乡下人长期形成的对土地的依恋。

　　乡下人聚居在一起，形成长期相对稳定的集体，在这个集体里，"这种没有具体目的，只因为在一起生长而发生的社会"是礼俗社会。这些被土地围住的人们，他们平素接触的人是生而与俱的，像自己家人一样不是选择得来的，是与生俱来的，没有任何的选择。人们彼此熟识，正如书中所述："每个孩子都是在人家眼中看着长大的，在孩子眼里周围的人也是从小看大的。在这个熟悉的环境里，没有陌生人的社会。"

在这个礼俗社会里，人们之间是熟悉的，遵循着彼此默认的规矩。这种规矩是礼俗，是发自骨子里的一种行为不可逾越的规矩。这不同于因为不同目的而团结在一起的法理社会。不需要签字画押形成纸质的契约。事实上，不可逾越的礼俗规矩的可靠性高于契约。对于这些我深有体会。在农村那阵，乡邻间彼此应急借个粮食、钱类，均是口头说一下，约定归还的时间就成。到时间了，也不需要去催还，借方自然就会履行承诺。一般情况下，借东西的人会时刻惦记债务，并提早做准备。即使有人力所无法克服的困难而不能按当初口头约定的时间兑现，也会深感内疚而惴惴不安。类似于门前屋后一定范围内的使用及地面附着物；连畦地、块地、堎上树木的归属等都是约定俗成的，不需要特意说明或另外约定的。若一方违背这个习惯的俗成，是会让人不齿，受到邻里心底的谴责，甚至影响这人日后在村子的声誉。

正月十五过后，年基本就算过完了。早已不再以农业生产为主业的乡人相继离开村子谋生。在很多时候，很多问题上，年纪稍大些的乡村人，还是不大适应现代社会。骨子里的乡土气常会误导他们用习俗来考量现代社会的一些活动，特别是在与"陌生人"的交往中会因为迷茫而无法适从。乡村也不再是传统意义上的家园，有记忆，但不一定会依恋。正如先生在文中说到的："'土气'成了骂人的词汇，'乡'也不再是衣锦还乡的去处了。"

二月十四

　　我常从农村带些面油蔬菜。到家卸车时，母亲都抢着帮拿，跑得比我还快。母亲开心，我就乐于给她一些我认为轻的物品，也从未问过母亲能不能拿。前年一次搬东西上楼，最后一趟母亲在前面走。母亲中途要歇息，乐归乐，体力明显不支。我突然醒悟到母亲已是老人了。

　　母亲在家里还有三四亩地，以前是堂兄在种。堂兄早过天命之年，体力大不如以前。我便在地里栽了矮化的核桃树，树小地荒，有些浪费。母亲老是惦记那些空地，在前年，套种了黄芩。母亲高兴得一点都不知疲倦，陪我们耕播。我原想种下后她就能放下心思，可是事与愿违。她更操心了，操心出苗，操心杂草等。第一年暑期回家消暑，她大热天蹲在地里拔草。地里的草除干净了，人却累倒了。第二年，我购置专用的黄芩除草剂，专程回去打了，效果一般。暑期前，我请大嫂帮忙拔草。几场雨后，草还是如初。每次母亲问及长势，我只好骗说很好。黄芩的生长期一般是三年，三年过后再不采挖，根心腐烂，无论从品质还是产量都不好。从去年开始，她又开始操心了，计划什么时间回家挖药，今年更是经常提起。每次父亲都极力劝说母亲不要再想着回去挖采的事情。为此，两人意见常分歧。

父亲很少在我上班期间打电话。昨天早上父亲打电话，先问我忙不忙，然后说若是不忙就给我说个事情。父亲说："你妈年龄不小了，身体不如往年。黄芩不能让你妈回去挖，把你妈累下毛病，得不偿失。我这几天给她说了几次，都说不通……"昨天适逢二月十四，清早有同事就在聊情人节。当然，父亲肯定不知道还有个情人节。在和父亲通完电话后，我感慨不已。父亲表达的不正是人世间最淳朴、最美的情感吗！我不崇洋媚外，更不会在意西方所谓的节日，别说情人节了。然而，在这特殊的日子里，接完父亲的电话，我不由得想起，几年前有人问我怎么看待年轻人和年长人的爱情观。我当时不假思索地说，是"山雨欲来风满楼"和"随风潜入夜，润物细无声"的区别。若是现在还让我谈认识，我依然会这样说。

我和妻子的生活可以说平淡、简单。从认识至今二十余年里，没有山盟海誓，没有甜言蜜语，却彼此习惯着对方的存在。正如，她知道我的好恶和生活习惯，每天不厌其烦地按照我的习惯另行做饭；我习惯下班去接她回家，习惯家里有她的身影。

年轻那阵，我总是刻意地将自己穿戴的更显老成，当人问及年龄时总是要虚报几岁，也会常常为自己的外貌超乎实际年龄而窃喜。现在，我们真的不再年轻。父亲的电话让我感慨。夫妻之间的最真挚的爱情莫过于彼此间不变的牵挂，最暖心的情话莫过于处处想着对方。

乘车随想

　　自西安限行以来，这是我第二次乘坐公交出行。我上车的站离始发站不远，上车后还有座位。出门前，我还像十年前一样带一本书。时过境迁，我再也不能做到静心看书，仅凭感觉便能判断出该下车的时间。窗外朦胧，人流车流熙熙攘攘。透过窗户，我辨不出车行的方位，只好伸长耳朵听站名，查运行图对站名。

　　刚工作时，我乘坐公交出行，常会在背包里装上一本书。坐车读书，置身行程之外，不急不躁任由车走车停。工作以来读的书大多都是在那段日子读的。后来有车，却少了时间读书，走路也少了，几年下来体质也远不及以前。几次找中医调理，医生总是强调应加强运动，最起码保证每天行走在八千步以上。然而，每天走路的机会有限，步行数基本在三千以内，最少时一千多点。好几次妻子和我约定每天晚上走路锻炼，但总会因为各种原因而未能坚持下来。我不太爱在外面转，唯恐一不小心踩着脏东西，比如宠物粪便，或者被突然迎面的宠物惊吓。

　　论走路还是在村子生活的那些年走路最多。那时除睡觉、吃饭、上课几乎所有的时间都在动，去地里干活要走，上下学要走，走朋串友要走。村里路不平，不是上就是下，走路多自然费鞋，也难怪大人都说"碎娃废鞋"，特别是男娃。做鞋费时费工，做好一双鞋子断断续续需要个把月。娃娃们很爱惜鞋子，不舍得穿鞋踩泥。若遇突降雨水，便把鞋字脱下来光脚板走路。我常记起那些时光，曾试图尽力地寻找那时的苦怨，找到的却尽是欢乐。无论是独行还是结伴总能找到乐趣，走走跑跑，即使当时是光脚走路。

村里有几户单职工家庭，还有一两个考学后定居城市的。他们每次回乡都会让人咂舌感叹一阵，无论走路、说话、服饰，还是给村里人让烟的姿势。记得一年夏收，村里人正在碾场，那人带着媳妇回村。男子穿着的确良短袖，衣襟扎在裤腰里，身板挺拔，步幅平缓。女人肤色白净，鼻梁架着眼睛，卡其色的西裤，尖头高跟鞋似乎是踩着节拍，优雅而不失活力，身后留下不同于雪花膏的清香，令村里人啧啧良久。另一位是长我几岁的同龄人，他去西安城里的姐姐家住了一段时间，回村后讲述的城市生活：晚上上床前必须洗脚；每天吃饭要炒菜，隔三差五包饺子，韭菜鸡蛋馅都不好意思让邻里看见，怕人笑话。他说话的语气神态也变得和去前不一样了，常会伴随着一些肢体动作，再就是每次的"拜拜"让我一时还难以适应……诚然，这些是让我觉得新鲜，也应该是我对城市最懵懂的认识，但在我幼年的心里也仅是一个瞬间的异样而已。我依然热衷于土地里的事情，开荒、砍柴、割草，喜欢吃家常饭。

细想走进城市的这些年里，似乎没有几件能让我特别兴奋的事情，即使买房购车那样的大事。比起儿时收拾柴火的乐趣那简直不足一提。站在码放整齐的柴火堆前时，我是骄傲的，满足的，幸福的；偶尔吃一顿饺子或者煎饼，我是满足的，幸福的。现在饺子的馅种类很多，各种肉的、蔬菜的，我都尝过，味道平平，没有一个比得上记忆里茄子土豆馅的味道。当然，若非要说在城市里最惬意的日子，应该是那些年在公交车上读书的日子吧！

后记

  《水泉记》收录这三四年间我写的七十二篇文章，大多数文章记述我在这几十年的见闻或感受，有关于老家及城市生活的记忆，有出行的回忆，有对所读的小说中人物的思考。

  有人说，文学是人学，是叙事性的哲学。我写这些文章是记述往事，更是想反思自己这几十年的人生之路。探求生命价值，追求生命之美，这也许是写作的意义所在，更是我们生活的真谛。生活就是人的一切，生活也许从来都不缺乏美好。只是我们缺少上天的睿智及美德，更缺乏其大智大勇大行，才如此不尽如人意。为此，真诚直面生活，如实记述自己的见闻及思考，我便有了这个散文集。由于学识，思考等诸多局限，书中文章难免有诸多瑕疵或缺陷，恳请读者批评赐教！

王利军

2023 年 3 月 12 日星期日